님 시학

님 시학

초판 1쇄 2012년 8월 27일
지은이 하종오
펴낸이 김영재
펴낸곳 책만드는집

주소 서울 마포구 합정동 428-49번지 4층 (121-887)
전화 3142-1585·6
팩스 336-8908
전자우편 chaekjip@naver.com
출판등록 1994년 1월 13일 제10-927호
ⓒ 하종오, 2012

* 이 책의 전부 또는 일부 내용을 재사용하려면 사전에 저작권자와
  책만드는집의 동의를 받아야 합니다.
* 잘못 만들어진 책은 구입하신 서점에서 교환해드립니다.

ISBN 978-89-7944-405-6 (04810)
ISBN 978-89-7944-354-7 (세트)

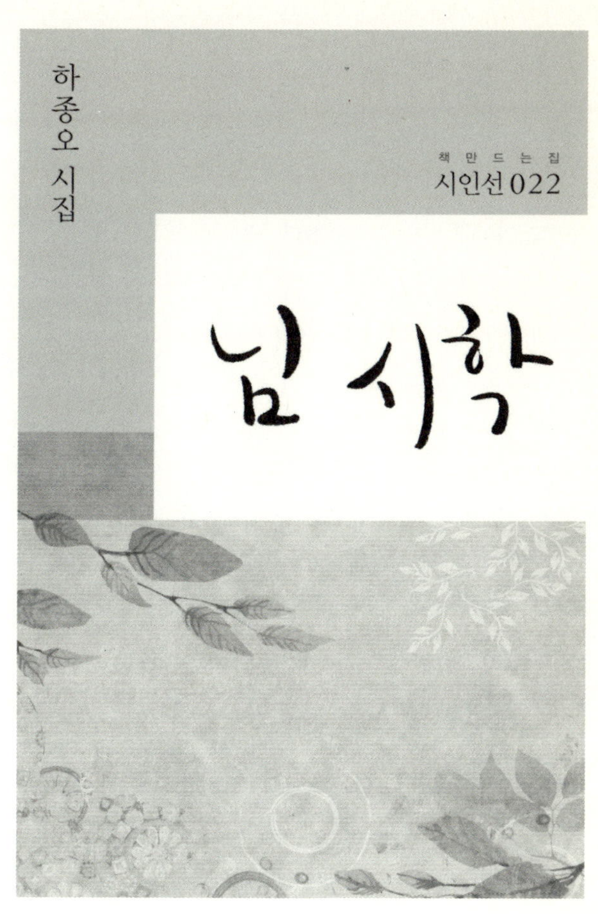

하종오 시집
책 만 드 는 집
시인선 022
님 시학
책만드는집

| 시인의 말 |

1

  누구는 아직도 그런 시를 쓰느냐고 야유했고 누구는 그런 시를 쓰는 시인도 있어야 한다고 지지했다. 내가 쓰고 있는 사실주의 시를 두고 하는 말이었다. 누구는 이런 시가 지겹지도 않으냐고 조롱했고 누구는 이런 집념이라도 있어야 시인이지 않겠냐고 옹호했다. 내가 쓰고 있는 님 연작시를 두고 하는 말이었다. 내가 걸어 다니던 자드락길과 논둑·밭둑길, 아스팔트 길과 골목길에 사람들과 현실들이 없었다면 이 『님 시학詩學』을 쓰지는 않았을 것이다.

2

  도시와 농촌을 내왕해보면 모두 자본화되어 있어 도농은 다른 공간이 아니라 같은 공간으로 존재한다. 생산자였던 사람들이 상품과 화폐를 매개로 판매자가 되려 하고 또 소비자가 되려 한다. 그래서 도농에서 사람들은 서로 모르는 채로 동반하고 반목하고 외면하면서 친소의 사이를 유지한다.

3

  농촌은 도시화되어버려서 삶의 양식이 바뀌었다. 태생지로 귀환해도 과거의 고향이 없어져서 현재의 타향이다. 탈향 후 고향이 변

4

한 결과는 고스란히 귀향자가 감당해야 할 몫이다. 그러나 농촌을 떠난 사람들이 농촌적 삶을 버렸다기보다는 도시로 향할 수밖에 없는 원인이 있어 떠났는데 이율배반적으로 도리어 농촌을 도시화되게 했다. 언제부턴가 귀향자들마저 농촌에서 도시를 꿈꾸며 살아간다.

4

이 연작시 속의 '님'들은 그렇게 공동체적 농촌의 붕괴와 자본주의적 신도시의 발흥 사이에서 생을 살아낸 사람들이다. 토지의 소유가 경작과 생산의 가치로 환원되지 않고 경제적 신분의 상승과 미래의 안정을 담보하는 사회가 되어버린 금세기 초, 어쩌면 나는 농경 중심으로 회귀하는 사회도 도시 중심으로 발전하는 사회도 긍정과 부정을 동시에 하고 있는지도 모르겠다. 아니다. 긍정도 부정도 동시에 하지 않는다.

5

외편外篇 『님 시편』, 내편內篇 『님』, 전편前篇 『님 시집』의 운문 정신에 잇대어 후편後篇 『님 시학』을 낸다. 이 작품은 2004년에 탈고, 2010년과 2011년에 걸쳐 계간 《유심》에 분재했다.

—2012년 여름
하종오

| 차례 |

이 님 저 님

1

외지에서 저 님께서 와서 비탈을 뭉개고 집 지으신 뒤로 저 님께 땅을 파신 이 님께서는 먼 데로 눈 돌리고 다니셨습니다. 그러자 이 님을 따라다니던 자드락길은 제자리에만 있고 상수리나무들은 숲 속으로만 가지를 뻗었습니다. 이 님을 향했던 것들이 저 님을 향하기로 작정한 걸 눈치채지 못하신 이 님께서 논둑을 걸어가시면 저 님께서는 집 앞에서 뒷짐 지고 어슬렁거리셨습니다. 그러면 앞산 뒷산이 스르르 물러났고 저 님의 둘레는 훤히 트였습니다. 애써 외면하시는 이 님을 바라보시는 저 님의 눈길이 험하니 자드락길은 꿈틀거리고 상수리나무들은 그늘을 흔들었습니다. 그래도 이 님께서는 텃세를 부리려고 자드락길에 발 탁탁 굴리며 걷고 상수리나무 잎사귀를 따서 흩뿌리셨습니다. 저 님께서 보시기에는 한심한 짓거리였지만 누가 잘못했는지 무엇이 잘못되어가는지 이 님께서는 정녕 모르셨습니다. 저 님께서는 속궁리할 뿐, 이 님을 안중에 두지도 않으셨습니다.

2

저 님께서 외지에서 무얼 하셨는지 아무도 알지 못했습니다. 저 님께서 마을 길을 걸어 다니실 때면 까치들이 우짖기는커녕 전봇대에 앉아 꽁지를 까딱거렸고 산등성이들이 둘러서서 조용히 내려다보았습니다. 그 기운에 끌린 주민들이 저 님을 유심히 쳐다보았지만 저 님께서는 서산에 해가 질 때까지 주민들을 본체만체하셨습니다. 비로소 어스름이 깔리면 집으로 돌아가서 종일 본 광경을 가슴속에 담아두고는 잠에 드셨습니다. 가을이었습니다. 이 님께서는 잠 못 들고 마당에 나와 불 꺼진 저 님의 집을 올려다보며 새벽까지 서성거리셨습니다. 그래봐야 이 님의 일거수일투족과는 상관없이 먼동은 밝아왔습니다. 이 님께서는 섭섭해하며 방 안으로 들어가서는 저 님께서 외지에서 무얼 하셨든 지금은 이웃 간이므로 피차 고요하면 되려니 여기셨습니다.

3

저 님의 집에서 이 님의 집까지 거리는 겨우 채마밭 한 배미였습니다. 이 님께서는 갈아놓은 배추째로 땅을 팔아버린 뒤로 곁눈질하며 아까워하셨지만 저 님께서는 고갱이 단단한 한 포기 뽑아 먹게 허락하지 않으셨습니다. 저 님께서는 가끔 밭고랑에 앉아 배추가 잘 결구되도록 짚으로 겉잎을 감싸 묶기는 했어도 수확을 위하여 풀매기하지는 않고 날마다 다른 방향으로 걸어가면서 나무와 풀들을 많이 밟으려 하셨습니다. 저 님의 발길 닿는 곳으로 산도 들도 모이고 저 님의 눈길 닿는 곳으로 햇빛도 바람도 모여서 너른 풍경을 이루자, 주민들은 저마다 저 님께 땅을 팔아넘겼습니다. 이제 저 님의 집에서 주민들의 집까지 거리는 들녘 한 마장이었습니다. 가을이 깊어갈수록 저 님께서는 자기 땅을 밟고 다니며 발자국을 남기셨고 이 님께서는 나뭇잎 한 잎도 풀씨 한 톨도 가지실 수 없었습니다.

4

주민들은 삼삼오오 모여서 술을 마셨습니다. 그 틈에 끼여 앉으신 이 님께서는 핏대를 올리며 괜히 시비를 걸으셨고 주민들은 맞받아 대거리하였습니다. 저 님께서 마을에 오시기 전 추수철에는 만물을 거두면 나누어 먹어서 이 님과 주민들은 단내만 냈는데, 금년 가을에는 내내 거칠게 언성만 높였습니다. 익은 곡식을 곳간에 가득 채울 수 있으면 모두 직수굿해져서 가마니나 세고 있을 텐데, 저 님께 받은 땅값으로는 다른 땅을 사들일 수 없었던 주민들은 서로에게 목돈이 얼마나 남았는지 호시탐탐하였습니다. 그러나 그런 짓은 술에 취한 날에나 했을 뿐, 어떤 주민은 속내 감추고 저 님께서 끝물을 거두시면 거들어주었고, 또 어떤 주민은 저 님을 멀리하고 이사 나갈 궁리 하였습니다. 이 님과 주민들이 낮이나 밤이나 맞대면하고서 곡식 값을 걱정하던 시절은 지나가 버렸고, 저마다 꿍꿍이속을 감추느라 목청만 돋우었습니다. 이 님께서는 저 님께 땅을 팔아버린 자신의 잘못을 처음으로 어렴풋이 아셨습니다.

5

저 님께서 주민이 되시면서부터 찬 바람이 불어왔습니다. 집들은 낡아가고 주민들은 줄어들었습니다. 노인네들은 기침이나 해대고 가축들은 짖어댔습니다. 이따금 새들이 마을 위를 날아가다가 깃털을 떨어뜨렸습니다. 그러면 저 님께서 나와서 뒷짐 지고 둘러보곤 도로 들어가 문을 닫으셨습니다. 겨울이 오면 주민들은 원래 일거리를 찾아 도시로 나갔지만 이젠 봄이 와도 부쳐 먹을 땅이 없으니 되돌아올 이가 있을 리 없었습니다. 저 님께서 사들이신 들녘 한 마장은 주민들의 전 재산이었으므로 누구에게도 일 년 양식거리를 자작할 논밭뙈기가 없었습니다. 이 님께서 비탈을 팔지만 않으셨더라면 저 님께서 마을에 들어올 수 없으셨을 테지만, 한밑천 챙겨 마을을 뜨고 싶어 하신 이 님을 아무도 탓할 순 없었습니다. 이 님께서 찬 바람 불어오는 빈 들에 나가 새들을 쳐다본들 저 님을 주민으로 받아들이지 않으실 순 없었습니다.

6

　포클레인이 들판을 깔아뭉개기 시작하자, 늙은 주민들은 망연자실하였습니다. 일 년 치 알곡을 주던 벼의 그루터기도 서로 논물 먼저 대려고 둑을 텄던 봇도랑도 논둑을 깎아 들어온다고 삿대질하던 이웃의 몸짓도 사라졌습니다. 평생 식구들과 애면글면했던 들판이 반나절도 채 안 되어 막막한 평지가 되는 풍경 속에서 이 님께서도 주저앉지 않으실 수 없었습니다. 대지를 버린 자는 대지에서 쓰러진다는 걸 비로소 깨달았지만 대지에서 쓰러진 자는 대지에서 다시 일어서야 한다는 걸 또한 이 님께서는 깨달으셨습니다. 지경이 사라져버린 들판에서 이제는 주인이 못 되는 늙은 주민들이 헛기침이나 해대자, 야산 자락에서 잡목들은 마른 잎사귀들을 털고 마을에서 농구들은 자루가 삭아버렸습니다. 포클레인은 곧 널찍하게 터를 닦아 다져놓을 것이었습니다.

7

　이 님께서 저 님을 찾아가 들판을 들판인 채로 둘 수 없느냐고 울먹이셨을 때 저 님께서는 지주가 마음대로 할 수 있는 게 땅이라고 말씀하셨습니다. 이 님께서는 앞섶을 여미셨고 저 님께서는 손마디를 꺾으셨습니다. 다시 이 님께서 진정한 지주는 곡식과 풀과 나무이며 인간은 먹을거리를 얻는 신세라고 나지막하게 말씀하셨지만 저 님께서는 그러면 어째서 땅을 팔았느냐고 눈살을 찌푸리셨습니다. 이 님께서는 고개를 숙이셨고 저 님께서는 고개를 쳐드셨습니다. 또다시 이 님께서 땅은 갈고 뿌리고 거두는 자에게 돌아가야 한다며 눈을 감으셨을 때 저 님께서는 땅은 쓸모 있게 쓰는 자에게 주어져야 한다고 소리쳐 말씀하셨습니다. 이 님께서는 두 손을 만지작거리셨고 저 님께서는 뒷짐을 지셨습니다. 다시 또 이 님께서 물길과 바람과 햇빛을 위해 들판을 가만둬야 한다고 말씀하셨지만 저 님께서는 자신을 위해 사용하려고 들판을 샀다며 돌아서 버리셨습니다.

8

　　마을 위로 날아가는 철새도 텃새도 없었습니다. 새 떼의 날갯짓을 볼 수 없고 울음소리를 들을 수 없으니 더 쓸쓸해지신 이 님께서는 자주 겨울잠에 드셨습니다. 이 님의 일정일동을 따르려는 풀도 없고 나무도 없고 곤충도 없었습니다. 그래서 홀로 편안해지신 이 님께서는 고랑도 두둑도 사라진 평지를 볼 때면 늙은 주민들의 떠나간 자식들이 저 님처럼 되어 돌아와 다시 들판을 만들어주기를 바라다가 그 속마음에 움찔하셨습니다. 자식들이 돌아오다니, 돌아온다 해서 자식들이 농사 지을 수 있는 종자도 없고 농지도 없고 농구도 없었습니다. 그보다도 늙은 주민들과 자식들이 종자를 가려내는 법과 농지를 가는 법과 농구를 다루는 법을 길래 서로 가르치지도 배우지도 않았다는 생각이 들자, 갑자기 이 님께서 저 님의 길속을 어림짐작할 수 있게 되었고 다시는 겨울잠에 들지 못하셨습니다. 그런 뒤로는 밤낮으로 불어오는 서풍이 훈훈하였고 아침놀도 저녁놀도 따스하였습니다.

9

봄이 되자, 들판에는 빌딩이 들어섰습니다. 늙은 주민들은 자투리땅에 소작을 하고 이 님께서도 원래는 자신의 땅이었던 채마밭을 빌리셨습니다. 작년에 거두지 않은 채소는 썩어서 문드러졌고 벌레들이 그 채소 갉아 먹고 슨 알에서 애벌레가 깨어 나왔습니다. 이 님께서 거름을 내시니 두둑과 고랑이 뒤섞였고 이 님께서 괭이를 드시니 채마밭이 커졌습니다. 누리가 이 님으로 해서 푸르러져 갔고 이 님께서 일하시기에 더없이 따스한 날씨가 계속되어서 새로 싹 난 채소도 쑥쑥 자랐습니다. 하지만 이제 같이 먹을 식구나 나눠 먹을 이웃이 별로 없어서 채소를 채마밭에 놔둔 채 버릴 수밖에 없었습니다. 그러했기에 먹을거리를 만들지 못하는 이 님의 일에 아무도 관심 두지 않았고 늙은 주민들의 농사도 마찬가지여서 논밭은 풀숲이 되어갔습니다. 그럴수록 빌딩이 하나씩 더 들어섰고 대처에서 사람들이 와 집들을 지었습니다.

10

　새로 온 주민들과 늙은 주민들의 숨결은 달랐습니다. 새로 온 주민들의 숨결은 세차서 푸새들을 흔들었고 늙은 주민들의 숨결은 약해서 흙바람에 흔들렸습니다. 저 님께서는 새로 온 주민들의 숨결을 이끌고 다니시고 이 님께서는 늙은 주민들의 숨결을 따라다니셨습니다. 새로 온 주민들은 저 님을 좇으며 늙은 주민들을 본체만체하였고 늙은 주민들은 이 님과 함께 새로 온 주민들과 데면데면하면서 쉽게 더 늙어갔습니다. 저 님과 이 님 사이처럼 새로 온 주민들과 늙은 주민들은 지냈습니다. 나날이 저 님께서는 집에 머물지 않으셨으며 이 님께서는 집에 머무르셨습니다. 그러나 저 님께서는 새로 온 주민들의 숨결을 관장하여 마을에 흙바람을 일으키셨으나 이 님께서는 늙은 주민들의 숨결과 함께 숨 쉬지 못하여 푸새들조차 세우지 못하셨습니다. 점점 이 님의 집을 닮은 집들이 허물어지고 저 님의 집을 닮은 집들이 세워져서 온 마을이 저 님의 집 안으로 보였습니다.

저 님께서는 이 님의 속사정을 알려 하지 않으셨고, 이 님께서는 저 님의 본색을 들추려 하지 않으셨습니다. 피차 가까이하지 못한 거리는 저 님의 집과 이 님의 집 사이 잡풀들 우거진 채마밭 너비였습니다. 이 님의 땅이었다가 저 님의 땅이 되었고 저 님께서 내버려 두시니 이 님께서 일구셨고 이 님께서 작파하시니 저 님께서는 방기하셨던 채마밭을 가운데 두고 저 님과 이 님의 사이는 벌어져 갔습니다. 저 님께서는 남의 땅을 빌려놓고는 풀 매지 않으시는 이 님을 게으르게 보셨고 이 님께서는 제 땅의 흙을 만지지 않으시는 저 님을 천하게 보셨습니다. 마을에선 너나들이하며 형편 봐주면서 지내는 게 이웃인데 두 분께서는 입 다물고 눈 돌리고 지내셨습니다. 그러하니 어떤 날에는 채마밭이 넓어졌다 좁아졌다 했고 어떤 날에는 잡풀들이 많아졌다 적어졌다 하였습니다. 저 님과 이 님께서는 서로에 대해 모르시니 서로의 집 사이에서 일어나는 일을 모르면서도 부끄러워하지 않으셨습니다.

12

　늙은 주민들이 살아가다가 보니 절로 길이 생겨났는데 새로 온 주민들은 먼저 길을 닦아놓고 살러 왔습니다. 농지에 도로가 뚫리고 새로운 마을이 섰을 때 일찌감치 늙은 주민들의 어떤 자식들은 한밑천 잡았다며 떠나가 버렸습니다. 그때 저 님께서는 붙들고 같이 살자고 하지 않으셨습니다. 새로 온 주민들이 농구를 묻고 농지에 잔디 깔고 종자를 내다 버린 뒤 낡은 농가를 부수고 새로이 지은 집을 늘 손질하였습니다. 멀리 산에서 텃새들이 찾아오도록 곳곳에 먹이를 뿌려놓았고 잡초가 나면 뽑아버리고 울긋불긋한 화초를 심었습니다. 그런 뒤 저 님을 새로운 마을의 어르신네로 모시자, 저 님께서는 조경수와 가로수를 옮겨 와 집집마다 도로마다 심어주며 점잖게 웃으셨습니다. 하지만 늙은 주민들이 여러 대 살아왔듯이 새로 온 주민들이 여러 대 살아갈지는 알 수 없었습니다.

13

마침내 이 님께서는 마을의 어른이 아니셨고 저 님께서 마을의 어른이 되셨습니다. 새로 온 주민들은 모두 저 님의 발자국을 찾아 밟고 다녔고 외톨이가 되신 이 님께서는 저 님을 만날 수도 없으셨습니다. 저 님께서는 참새가 날아오지 않으면 참새를 사 와서 날게 하고 고추잠자리가 모여들지 않으면 고추잠자리를 사 와서 놓아주고 꿀벌이 잉잉거리지 않으면 꿀벌을 사 와서 풀어놓으셨습니다. 이 님께서는 가랑비를 내리게 하여 옷깃 적시게 할 수도 없었고 햇볕을 들게 하여 쬐게 할 수도 없었고 산을 옮겨 산그늘에서 쉬게 할 수도 없으셨습니다. 그랬으므로 이 님께서 이따금 나가셔도 새로 온 주민들은 알은체도 하지 않고 오로지 저 님만을 따랐습니다. 하지만 저 님께서는 이 님마저 따라오시게 해야 할 터인데도 늘 새로 온 주민들만 뒤따르게 하여서 이 님께서는 이 님인 채로 저 님께서는 저 님인 채로 지내셨습니다. 새로 온 주민들만 저 님을 마을의 어른으로 우러러보았습니다.

14

　늙은 주민들이 세상을 떴고 다시 가을이 왔습니다. 추수해
봤자 알곡 반 쭉정이 반, 놔두고 뜬 늙은 주민들을 이 님께서
는 애통해하셨습니다. 한 톨도 함부로 버리지 않고 씹어 먹은
날들과 그 양식을 만들던 가을이 수십 년 지났는데도 늙은 주
민들의 자취는 무엇으로도 남아 있지 않았습니다. 남아 있다
한들 흉이 될까마는, 이다음에 올 농민들을 위해서 땅을 어떻
게 걸어 다녔고 곡식을 어떻게 만졌는지 그 자취라도 남겼어
야 했다고 이 님께서는 중얼거리다가 자신도 남길 거리가 없
다는 것을 알고는 아주 오랜 뒷날에 올 농민들이 종자를 뿌리
고 복토를 하도록 늙은 주민들이 세상을 떴다고 믿으셨습니
다. 돌아보면 살아생전에 늙은 주민들이 남과 다투다가 뱉은
욕지거리도 남의 곳간을 엿보던 곁눈질도 남의 논밭고랑을 보
며 따라 하던 삽질도 이 님께서 하셨던 짓과 같았습니다. 가
을은 깊어갔고 늦사리도 하지 못한 늙은 주민들이 더 세상을
떴습니다.

15

저 님께서는 튀어나온 산모롱이를 내리 깎고 휘어진 물길을 바르게 잡고 구불구불한 길을 곧게 닦아놓으셨습니다. 집도 도로도 빌딩도 직각으로 만들어져서 마을은 저 님께서 다니시기에 좋았습니다. 새로 온 주민들도 직선으로 움직이고 멈춰 섰습니다. 늙은 주민들이 살았을 적엔 산에는 봉우리와 등성이와 기슭이, 길에는 자드락길과 논둑길과 밭둑길이, 들녘에는 다랑논과 높드리와 깊드리가 있어서 여러 사람이 저마다 다르게 살 수 있었지만 저 님과 새로 온 주민들은 닮은꼴로 살아갔습니다. 저 님께서 좋아하시는 대로 집 위에 집을 짓고 도로 위에 도로를 놓고 빌딩 위에 빌딩을 올리고 나서 사람들도 사람들 위에서 살아갔습니다. 새로 온 주민들이 그렇게 살기를 좋아하니 저 님께서는 둘러보기만 해도 즐거우셨습니다. 드디어 저 님께서도 주민들 위에서 살아가셨습니다.

16

　늙은 주민들이 소작한 자투리땅과 이 님께서 빌리신 채마밭에서 푸새들만 우거져 벌레들이 울어댔습니다. 단풍 지던 산에 봉우리가 잘려 나가고 풍년 들던 들판에 논둑 밭둑이 뭉개진 뒤, 처음 이 님께서는 집을 떠나기로 작심하셨습니다. 일생 동안 이 님을 위하여 제자리에 있던 산과 들판을 팔아버리셨으니 이 님께서 길바로 떠나신다 해도 다른 산과 다른 들판은 모른 체할 것이며 이 님께서 쉴 데 찾아 떠돌며 길녘을 치며 통탄하신다고 해도 다른 산과 다른 들판은 이 님을 들이지 않을 것입니다. 이 님께서 끌어당겨서 주저앉으실 산그늘이 전혀 없는 곳곳에는 이 님을 끌어들여 일하시게 할 들녘도 없을 것입니다. 이 님께서는 그것을 아셨건만 다니다 보면 쓰임새가 있어서 거둬줄 외지가 있을 거라며 무작정 떠나셨습니다. 날마다 마을에는 안개가 자욱하게 끼었습니다.

17

저 님께서는 이 님께서 떠나시든 말든 잘 지내셨습니다. 이 님께서 늙은 주민들과 함께 사셨던 마을을 본 이들이라면 언젠가 돌아오실 이 님을 생각할 것이고 저 님께서 바꾸어놓으신 마을에서 지낸 이들이라면 언제나 곁에서 사실 저 님을 생각할 것입니다. 새로 온 주민들 중 더러는 이 님의 뒤를 이을 농민이 태어나지 않는다면 누가 양식을 대주느냐고 걱정했고 더러는 저 님께서 다른 곳에서 농민을 사서 데려오실 거라며 태연하였습니다. 또 더러는 아직도 먹을거리가 많이 남아 있으니 사는 데까지 살면 되고 이후의 세상은 이후의 사람들이 알아서 꾸려간다고 중얼거렸습니다. 그런 한편 이 님께서 찾아다니시는 마을에는 모두 저 님께서 만드신 마을과 똑같은 집과 도로와 빌딩이 세워져 있고 사람들이 싱싱하게 오가고 있었습니다. 어디에도 이 님께서 살아오신 방식대로 살 곳은 없었고 저 님께서 살아가시는 방식대로 살 곳만 많았습니다.

한 님 다른 님

1

작달비가 내렸습니다. 오늘도 한 님께서는 점포에 쪼그리고 앉아 수잠 드셨고 트럭은 도착하지 않았습니다. 버려진 푸성귀 겉잎 썩는 구린내가 한 님의 들숨에 빨려 들어갔고 어두운 농산물 시장에는 빗소리만 밀려들었습니다. 우기에는 농민들이 작물을 거두어들일 수 없다는 걸 모르실 리 없는 한 님께서 새벽까지 수잠 든 채 트럭을 기다리시니, 이 도시에서도 더 간난해야 운명에 든다는 걸 알고 계셨습니다. 농구를 내던졌던 논밭을 떠나 농산물 시장에서 막일하시는 한 님에 관하여 아는 이는 아무도 없었습니다. 한 님의 날숨으로 맑아진 공기가 빗소리에 뒤섞여 축축해지고 먼동 틀 무렵 깨어나신 한 님께서는 지하 셋방으로 가 선잠에 다시 드셨습니다. 쪼그리고 앉아 수잠 드셨던 점포가 과거에는 논바닥이었다는 건 모르지만 작달비 쏟아지는 날에 한 님께서 물꼬 없는 곳에 누워 계시니 자루 부러진 삽 신세이셨습니다. 꿈결에 한 님께서는 봇도랑 넘치는 흙탕물을 덮어쓰셨습니다.

2

　며칠 내내 낮에도 비가 내렸습니다. 다른 님께서는 상인들과 너나들이할망정 농산물 시장 터가 원래는 대대로 텃논이었다는 걸 애써 기억하지 않으셨습니다. 가족이 소세하고 버린 텃물을 아껴 모아 가두던 때가 있었지만 이제는 빗물마저 더럽게만 보셨습니다. 햇빛도 바람도 낫도 재산 삼아 놔두지 않으셨던 다른 님께서는 미나리를 싣고 먼 지방에서 올 트럭만 기다리셨습니다. 미나리꽝째로 선매해놓은 미나리가 이제 값이 뛰면 한몫 챙길 거라는 걸 의심치 않으셨습니다. 어느 해 갑자기 신시가지가 서고 텃논에 농산물 시장이 들어서니, 농업에서 채소 장사로 직업을 바꾼 다른 님께서는 천운이었다고 믿으셨습니다. 그렇지만 땅에서 난 것을 거두는 자와 땅에서 난 것을 파는 자는 천지간에 살다 가는 순번이 다르다는 걸 잊고 계셨습니다. 다른 님께서는 빗소리를 들으면서 트럭이 미나리를 싣고 올 수 있도록 저물기 전에 비 그쳐야 한다며 종일 속 끓이셨을 뿐이었습니다.

3

    일찌감치 열무김치에 식은 밥 비벼 저녁 입매하고 나서신 한 님께서는 길섶 자투리땅을 들여다보셨습니다. 고랑 몇 두둑 몇에 버려진 줄기와 잎사귀를 보고 감자밭인 걸 알고는 눈시울 적시셨습니다. 는개 내리는데도 멀리 빌딩들 위로는 붉은 노을이 지고 있었습니다. 촉촉해지신 한 님께서는 반소매 자락으로 눈물 한 번 닦고는 흙 위에 가만히 손을 얹었다가 흙 만지는 자는 가난해진다는 것을, 흙 묻은 자에겐 사람들이 가까이 오지 않는다는 것을 새삼 새기고는 황급히 떼셨습니다. 다시는 흙에 손을 주지 않겠다고 다짐했어도 여전히 한 입 씹을 양식거리 보면 절로 멈춰 서는 마음이니 한 님께서 길섶 자투리땅을 발견하고 반색하신 것은 당연하였습니다. 이윽고 어스름이 멀리 빌딩들을 덮고 가랑비가 내렸습니다. 축축해지신 한 님께서 손바닥에 빗방울을 받아 흙을 씻어내고 저녁 속으로 걸어 들어가셨습니다. 농산물 시장에는 점포마다 형광등이 켜지며 훤해졌습니다.

4

우기가 오면 채소 값이 뛴다는 걸 아신 다른 님께서 미나리를 미리 사놓으셨는데 비가 왔습니다. 자신이 흙을 버리고 살고 있어서 생긴 일이라고는 생각하지 않고 채소를 팔아 챙긴 이문으로 잘 먹을 수 있으니 혼자 잘사는 데는 흙이 필요치 않음을 터득한 게 스스로 대견하실 뿐이었습니다. 흙에 손발을 담그려는 이가 적을수록 농산물과 재화로 서로가 다투게 된다는 것에는 전혀 개의치 않으셨습니다. 하기야 흙이 돋아내는 채소를 사람이 상품으로 만드는 시절이었습니다. 다른 님께서는 신시가지가 넓어질수록 농지가 줄어들고 주민이 많을수록 커지는 농산물 시장을 미쁨 있게 여겼지만, 결국 주민들 가운데 누군가는 다른 님의 수완을 닮아가서 다른 님의 재산을 후무릴 것을 알지 못하셨습니다. 농민들이 손에서 채소를 놓는 우기에는 농산물 시장에선 더욱 한몫 크게 거머쥘 수 있었습니다. 그래서 오늘도 종일 비가 오고 어스름이 내려도 다른 님께서는 미나리를 싣고 올 트럭만 기다리셨습니다.

5

한 님께서는 눈인사를 하시고 다른 님께서는 눈길을 내리까
셨습니다. 한 님과 다른 님께서 마주하신 그 사이로 빗줄기가
몰려왔습니다. 한 님께서는 점포 밖에 서 계시고 다른 님께서
는 점포 안에 앉아 계셨습니다. 애초에는 두 분 똑같이 농민
이셨지만 이제 한 분은 날품 일꾼이고 한 분은 장사꾼이니 한
님께서는 비에 젖어 서 계시고 다른 님께서는 비를 피해 앉아
계셨습니다. 서로 출신을 알려 하지 않고 일을 시키는 자와
일을 하는 자로 짐짓 지내셨습니다. 과거에 논밭을 갈아먹었
다는 걸 안다 해도 피차 반가울 리 없고 흙 묻은 과거를 안다
고 한들 피차 봐줄 데가 없었으므로 서로 속사정을 숨기고 데
면데면하셨습니다. 한 님께서 들어서시자, 다른 님께서 일어
나셨습니다. 이제 점포 안에는 빗소리가 가득 찼습니다. 한 님
과 다른 님께서 농민으로 만났다 해도 누군가 잘살거나 못살
테니 그 사이로 몰려온 빗줄기는 어느 한쪽으로 쏠렸을 거라
고 제각각 생각하셨습니다.

6

한 님께서는 따끈한 감자 한 알이 먹고 싶어서 입맛을 다시셨습니다. 텃밭에서 감자를 덩이덩이 캐어 비료 부대에 담아 날랐던 날 한 솥 쪄 저녁밥으로 내놓던 아내는 죽었고 한 자루 보내주어도 대처에서 시큰둥하던 자식은 이제 같은 도시에 살아도 찾아오지 않지만 이렇게 비 오는 오늘 밤에는 껍질을 벗기면서 한 입씩 한 입씩 아껴 먹고 싶으셨습니다. 먹을거리 많은 농산물 시장에서 한 님께서 배고파하시는 줄 아는 이 아무도 없었고 안다고 해도 한 님께서 잡수실 수 있도록 챙겨줄 이 아무도 없었습니다. 농산물 시장은 농산물을 팔고 사는 시장, 사고팔 수 없는 먹을거리는 농산물일 수 없는 시장에선 자신보다 손님이 더 소중하다는 걸 한 님께서도 알고 계셨습니다. 그래서 한 님께서는 입맛만 다시었을 뿐, 창고에 보관 중인 감자를 한 알 꺼내 먹을 엄두도 내지 않으셨습니다. 나중에 썩어서 쓰레기통에 버려질 감자처럼 웅크리셨을 뿐이었습니다.

7

　며칠째 비가 와서 창고에 쌓아놓았던 감자 값이 오르자, 그 것이 감자 씨눈에서 싹 나는 것보다 더 오래된 이치라며 다른 님께서는 싱긋 웃으셨습니다. 좋은 거래란 생산은 안 되고 소 비만 되는 그 틈에서 먹고 싶어 하는 이에게 먹을 수 있는 농 산물을 제때 건네주는 거라는 다른 님의 생각대로 된 것이었 습니다. 산천에서 절기에 맞추는 농사보다 사람들 사이에서 수지를 맞추는 사업이 체질에 맞으니 다른 님의 텃논 위에 세 워진 농산물 시장이 너무나 기꺼우셨습니다. 이문을 남기는 일에 조금도 주저하지 않으시니 혼자 짓는 경작보다 사람에게 한 차례씩 건네주는 사업에 잔머리가 빨리 돌아갈 수밖에 없 었습니다. 농사는 늘 막히는 데 없이 흘러 통해야 잘되지만 사업은 흘러 통하는 데를 이따금 막아두어야 잘된다는 것을 알아버리신 다른 님이었습니다. 며칠째 비가 와서 산지에서 감자가 올라오지 않으니 값비싸게 내놓아도 팔려 나갔습니다.

8

날이 개고 손님이 되들고 되나는 동안 한 님께서는 감자를 짐수레로 실어 나르면서 창고 안을 둘러보셨습니다. 가격은 농민이 정하는 게 아니라 상인이 정하는 이유를 아셨습니다. 농촌에서 집집마다 보관하지 못하여 일찌감치 내다 판 시금치 완두콩 배추 아욱이 철 지나서도 냉장창고에 쌓여 금 오를 때를 기다리고 있었던 것입니다. 농사를 많이 지을수록 손해 보는 단서를 비로소 찾았어도 한 님께서는 농토로 되돌아갈 수 없었고 되돌아간들 해결하실 수 있는 문제가 아니었습니다. 하루 세 끼니를 마련할 수 있는 벌이터는 논밭이 아니라 농산물 시장이었으므로 짐짓 모른 척하며 이제 박스에 담긴 상품을 애지중지하셔야 했습니다. 되들고 되나는 손님이 많을수록 한 님께서는 땀 많이 흘려야 했지만 그래도 경운기로 고랑을 갈기보다는 짐수레로 상품을 나른 뒤로 살림 속이 조금 나아진 걸 알고는 마음 편해져서 오래 맑은 날이 되기를 바라셨습니다.

9

다른 님께서 시치미 떼며 한밑천 챙기실 적에 한 님께서는 자신이 지었던 농사를 떠올리셨습니다. 풍년이 들었던 해는 곡식이 남아돌아서 헐값으로 팔았고 흉년이 들었던 해는 곡식이 모자라서 목돈을 만들지 못하셨습니다. 힘에 부치기도 매년 마찬가지 밑지기도 매년 마찬가지 한 님께서 하신 농업은 나머지 생을 미리 까먹었고 재산이 늘어나기도 매년 마찬가지 몸집이 불어나기도 매년 마찬가지 다른 님께서 하신 장사는 나머지 생을 넉넉하게 하였습니다. 또 하나 차이가 있다면 다른 님께서 함부로 채소를 내던지시면 한 님께서는 아까워서 주워놓으셨고 한 님께서 채소에 흙 묻은 겉잎을 털지 않으시면 다른 님께서는 뜯어버리고 속잎만 놔두시는 것이었습니다. 한 님께서 텃논 텃밭으로 돌아갈 수 없다는 것을 알면서도 이따금 그리워하시는 사이에 다른 님께서는 벌잇자리를 넓혀가셨습니다. 파는 사람이 잘되어야 가꾸는 사람도 잘된다고 믿으시는 다른 님이었습니다.

늦게 도착한 미나리를 싸게 팔아넘기신 뒤 다른 님께서는 시골로 가 아직 씨뿌리기에도 먼 김장 배추 무를 밭떼기로 계약해두셨습니다. 햇볕이 뜨거운 날, 다른 님의 꿍꿍이셈을 전혀 모르시는 한 님께서는 점포에 앉아 김장 배추서껀 무서껀 파종할 때를 짚어보았지만 자루 부러진 삽으로라도 뒤집을 밭이 없는 신세를 새삼 들여다보셨을 뿐입니다. 간난이 운명일 수는 없다고, 만일 운명이라면 이 도시에서는 다른 운명도 생겨나야 한다고 중얼거리셨습니다. 스스로 만드는 간난보다 남들이 덮어씌우는 간난 때문에 운명에 들어야 하는 자신이 너무 하찮고 다른 님으로 해서 한 농부가 간난해질 수 있다는 걸 알았지만 한 님께서는 가만히 계실 수밖에 없었습니다. 햇볕이 한풀 꺾이고 김장 배추 무 씨를 파종할 때가 올 것입니다. 다른 님께서 미나리를 헐값으로 처분해버리시는 속내를 알 수 없었던 한 님께서는 더욱이나 자신이 다른 님의 재산이 되어가는 사실은 전혀 모르고 계셨습니다.

한 님께서 손을 놀리고 계시면 다른 님의 손이 숟가락을 쥐여주었고 한 님께서 손을 놓으려고 하시면 다른 님의 손이 맞잡았습니다. 곁에 다른 님께서 계시지 않는데도 한 님의 손은 언제나 다른 님의 손 안에 있었습니다. 채소 다루는 솜씨가 기막힌 한 님을 점포에서 일하시게 하면 상품이 온전하게 지켜지리라고 다른 님께서는 믿으셨습니다. 한 님의 일당은 물론 논밭에서 거두어 먹는 식량보다 많았지만 다른 님의 벌이에 비하면 훨씬 적었습니다. 흙에서 지은 작물을 수확하는 일보다 사람과 사람 사이로 상품을 유통시키는 일이 가치를 더 만든다는 걸 아신 한 님께서는 슬퍼하셨으나 그 일을 한 님께 시키시는 다른 님께서는 너무나 천연스러워하셨습니다. 그래서 그런지 다른 님께서 손을 놀리고 계시면 한 님의 손은 더 바빴고 다른 님께서 손을 놓으려고 하시면 한 님의 손이 사래를 쳤습니다.

12

비 오다 햇볕 나고 햇볕 나다 비 왔습니다. 이런 날에는 농업으로 돌아가고 싶기는 했어도 농토가 없다는 데 생각이 미치면 한 님께서는 이내 마음을 거두셨습니다. 농사보다는 장사가 훨씬 이익이 많다는 것도 알아버리신 것이었습니다. 애당초 흙 파먹고 살려고 태어난 목숨이란 없었습니다. 가꾸고 거두는 농토보다 사고파는 시장이 더 커진 시절에 농업을 운명으로 받아들인다는 것은 낭패였습니다. 한 님께선 시장의 문리를 보아버렸기 때문에 농토의 이치를 따르기에는 너무 다른 곳에 와 계셨습니다. 그래서 자신의 본색이 농민이 아닐지도 모른다고 의심했고 농업은 생애에서 가장 잘했으니 앞으로도 잘할 수 있겠지만 언젠가는 시장에서 자신의 본색이 찾아질지도 모른다고 여기셨습니다. 지금은 비 오다 햇볕 나고 햇볕 나다 비 오면 집과 들을 오가며 집안 살림과 들판 살림을 같이 살았던 시절이 그리울 뿐이라고, 채소나 알아볼 재간밖에 없어서 농업을 그리워할 뿐이라고 중얼거리셨습니다.

13

간밤에 다른 님께서는 고층 아파트 거실에 앉아 농업을 버렸던 날을 떠올려 보셨습니다. 졸지에 텃논에 농산물 시장이 세워져 농사를 지을 수 없게 되었을 때 신통해하셨습니다. 자기의 뜻대로 가다 보면 어렵게 살림이 거덜 나고 남들의 뜻대로 구르다 보면 쉽게 살림이 흥한다는 게 맞아떨어졌던 거였습니다. 손속이 트였다고 믿고 점포를 열게 되었을 때에도 생업이 농업과는 떨어질 수는 없었던지, 거래할 거리가 땅에 있었습니다. 장사는 사람과 사람 사이에서 자신에게 이로운 쪽으로 모두 기울게 만들면 되는 것이어서 다른 님께서는 빨리 터득하셨습니다. 여태까지 자신의 텃논에서 얻지 못한 실리를 남들의 농토에서 거둘 수 있다는 것을, 결국 농업이 자신에게 이익을 준다는 걸 알고 나서는 자업자득이라고 흐뭇해하셨습니다. 다른 님께서는 정말로 직업은 체질에 맞게 주어진다고 고개 끄덕거리고 나서는 고층 아파트도 자신의 텃논 위에 세워진 집이어서 잠자리에 들어 이내 코를 고셨습니다.

14

    태생지가 농촌일지라도 태어나는 곳에 따라 일생이 달라지는 것이어서 한 님께서 다른 님이 될 수도 없으셨고 다른 님께서 한 님이 될 수도 없으셨습니다. 똑같이 농부의 자식으로 태어나신 것이 똑같은 운명이 되어주진 않았습니다. 강줄기와 산줄기에 따라 마을이 생겨났는데 이제는 아파트에 따라 도시가 생겨나니, 한 님과 다른 님의 차이 나는 운명을 탓할 데 없었습니다. 사람들이 찾으려는 것이 흙에 있지 않고 사람들 속에 있어서 오로지 사람들이 모여서 운명을 만들어내는 때였으므로 한 님께서나 다른 님께서는 저마다 태생지를 자탄하거나 자축해야 했습니다. 이 일이야말로 사람들이 가장 크게 잘못한 일이었지만 한 님과 다른 님께서 도시에 함께 계실 수 있는 이유는 따로 있었습니다. 한 님께서는 다른 님 밑에서 일하며 늘 다른 님 위에서 일할 곳이 있을 수 있다고 믿으셨고 다른 님께서는 한 님 위에서 일하며 잠시도 한 님 밑에서 일할 곳은 있을 수 없다고 믿으셨습니다.

15

  제철 채소가 서서히 밭에서 사라질 걸 아신 다른 님께서 냉
장창고에 쌓아두기 시작하셨습니다. 이제 한 님께서도 다른
님의 속셈을 짐작할 수 있어서 옮겨 나르셨습니다. 가을이 왔
을 때 꺼내놓으면 비싸게 팔리는 여름 채소를 부러워하다가
슬그머니 자신의 신세를 부끄러워하시는 한 님을 다른 님께서
는 외면하고는 자신의 잔머리만 대견해하셨습니다. 멀지 않아
다른 님께서는 더 부유해지시고 한 님께서는 더 빈곤해지실
터여서 다른 님께서 생각하시기로는 당연한 일이었고 한 님께
서 생각하시기로는 당연치 못한 일이었습니다. 누군가 잘못
이해하는 게 분명하였습니다만 두 분께서는 저마다 자신의 생
각만 옳다며 고개를 갸웃거리셨습니다. 그렇거나 말거나 제철
이 지난 뒤에도 사 먹을 수 있는 자가 사주어야 냉장창고가
비워지고 다시 장삿거리를 만들 수 있었습니다. 다른 님과 한
님께서는 동시에 그런 생각이 들자, 자신들이 소비자가 아님
을 알고는 아무 말씀도 하지 않으셨습니다.

16

여름이 가고 있었습니다. 한 님께는 농작물이고 다른 님께
는 상품인 채소가 두 분을 유일하게 이어주었습니다. 사고파
는 일보다 뿌리고 거두는 일이 더 즐거우신 한 님과 뿌리고
거두는 일보다 사고파는 일이 더 즐거우신 다른 님 사이에서
누구도 채소를 함부로 하지 못했으니 국과 밥을 도르리한 적
없어도 그게 두 분이 다 먹고사는 방편이었습니다. 다른 님의
수완 덕으로 한 님께서는 끼니 걱정 하지 않으셔도 되었고 한
님의 수완 덕으로 다른 님께서는 가격 걱정 하지 않으셔도 되
었습니다. 언제나 싱싱한 채소를 제값 받아서 나날이 잘되었
습니다만 다른 님께서는 빠르게 사셨고 한 님께서는 느리게
사셨습니다. 뜨거운 햇볕을 바라보면서도 한 님께서는 논밭에
자라는 농작물을 생각하셨고 다른 님께서는 손님에게 팔 상품
을 생각하셨습니다. 그랬으므로 두 분께서는 때로는 서로 속
을 모른 체하고 때로는 서로 겉만 아는 체하셨습니다. 가을이
깊으면 그 사이가 어떻게 바뀔지는 모르고 계셨습니다.

가을이 오자, 한 님께서 왼편을 보시면 다른 님께서는 오른편을 보시고 다른 님께서 왼편을 보시면 한 님께서는 오른편을 보셨습니다. 추수철이면 결정할 일이 한두 가지가 아니었지만 두 분께서는 같은 방향으로 서 계시지 않았습니다. 대풍이라는 소식에 한 님께서는 웃으셨고 다른 님께서는 찡그리셨습니다. 농토를 그리워하는 자는 풍년이 들어야 안심하는 법이고 농작물을 사고파는 자는 흉년이 들어야 흥분하는 법인가 보았습니다. 농민들은 풍년이 들면 수확량이 많아도 값이 떨어져 걱정하고 흉년이 들면 값이 올라도 수확량이 적어서 걱정한다는 것을 두 분께서는 벌써 잊고 계셨습니다. 무슨 직업을 가졌든 그것만은 즐거워해서도 짜증 내서도 안 될 일이었습니다. 하지만 가을이 깊어지기도 전에 한 님께서는 다른 님을 쳐다보지 않으셨고 다른 님께서는 한 님을 쳐다보지 않으셨습니다. 한 님과 다른 님께서는 내내 반대편만 향하셨지만 가을은 양편에서 똑같이 단풍 들었다가 낙하하였습니다.

18

　한 님께서도 다른 님께서도 상품이 되셨습니다. 모든 것을 사고팔아야 밥벌이 되는 시장에서 자신을 팔지 말아야 하는 이유가 없게 되자, 두 분께서는 재빨리 마음을 맞추시었습니다. 상품이 무엇인지 잘 아는 손님들에게 자신을 팔지 않는다면 다가온 겨울에 춥지 않게 살아갈 방편이 달리 있지도 않았습니다. 김장 배추 무는 늦가을에서 초겨울 사이에 많이 팔기만 하면 수지맞는다는 걸 잘 알았으니 사 가는 손님들이 반가우실 따름이었습니다. 사고파는 상품이 여러 가지로 많아야 하는 터에 다른 님께서 밭떼기로 계약해두셨던 김장 배추 무는 들어오자마자 팔려 나갔습니다. 그 바람에 김장철이 짧아지기는 했지만 그래도 한 님께서는 상품이 되어가는 자신을 손님들 앞에서 낯설어하셨으며 다른 님께서는 상품이 되어버린 자신을 흡족해하며 손님들을 맞으셨습니다. 겨울을 따끈하게 보낼 생각으로 한 님께서도 다른 님께서도 기꺼이 팔기 위해 자신도 내놓아서 서로에게 결락하지 않으셨습니다.

그 님

1

그 님께서 오랜 타관살이에서 돌아와 마당에서 잡초를 다 뽑고 살구나무 아래 주저앉으셨을 때, 살구 몇 알이 툭툭툭 떨어졌습니다. 그 님께서는 주워서 바지에다 문지른 뒤 우적우적 씹어서 허기를 달래시었습니다. 제멋대로 늙어가기에는 그 님께서 집 떠나기 전에 심어놓았던 살구나무도 마찬가지였습니다. 아무도 챙겨주지 않은 그 님께나 아무도 가지치기를 해주지 않은 살구나무에게나 제대로 맺힐 결실이 별반 없었습니다. 그래도 살구나무는 살구꽃을 피우고 살구를 달고는 해마다 그 님을 기다렸습니다만 그 님께서는 살구나무를 떠올려본 적이 없으셨습니다. 그게 미안하여 그 님께서 살구나무를 쳐다보시는 순간 살구나무는 그 님의 눈빛에 그만 힘이 쭉 빠져서 마지막 남은 살구 한 알을 떨어뜨렸고, 그 님께서는 마저 주워 씹어 먹고는 낮잠에 드셨습니다. 그 님의 체온과 호흡을 느끼던 살구나무는 말끔해진 마당을 내려다보면서 내년부턴 살구를 주렁주렁 열 수 있겠다고 뿌리를 깊이 내리박았습니다.

2

    그늘 한 번 보고 살구나무 한 번 보신 그 님께서는 덤덤하게 빗자루를 찾아 들고 집 안에 들어가 청소하셨습니다. 거미줄 거둬내고 먼지 쓸어내고 걸레질하고 나시니, 그 님께서 오신 것을 알아서 몰려들었는지 고추잠자리들이 마당에 낮게 날아다녔습니다. 제자리에 있던 것들은 변하지 않았는데 고향 뜨신 그 님께서만 떠돌이 형용으로 돌아와 계셨습니다. 타관에서 그 님께서 일거리 찾아다니면서 언감생심 살림을 일구려고 하셨습니다만 농업을 놓은 뒤론 되는 일이 더 없었습니다. 그 님께서는 자신의 몸피가 흙을 닮았다는 것을 빈털터리가 된 후에야 아셨습니다. 그 님께서 쉬면서 먼산바라기를 하시는데 산그늘이 산머리에서 내려왔습니다. 집 떠났던 때나 돌아온 지금이나 똑같은 광경을 보시고도 그 님께서 눈만 끔뻑 끔뻑하시자, 어스름이 그 님을 감싸고는 멀리멀리 퍼져나갔습니다. 그 님께서는 일찌감치 방바닥에 드러누우셨습니다.

3

　그 님께서 쑥대를 베어서 햇볕에 말리고 계실 때 친구들이 찾아왔습니다. 멋쩍게 웃으시는 그 님께 친구들은 악수를 청하였고 맞잡고 보니 흙 묻은 손이 아니어서 그 님께서 친구들을 훑어보시니 타관에서 보셨던 사람들의 차림새를 하고 있었습니다. 그 님 아니 계셨던 동안에 땅에 금을 매겨 사고팔아서 농토는 더 이상 농토가 아니었습니다. 그 님께서 친구들을 따라 돌아보시니 산등성에나 들판에나 아파트가 세워져 있었습니다. 농업을 버리신 그 님께서 빈털터리 되어 돌아오신 고향에서 친구들은 농업을 버리고도 잘살고 있었습니다. 똑같이 가난했던 고향인데, 떠났던 자보다 남았던 자가 더 부자 된 사연을 그 님께서는 금방 이해하셨습니다. 친구들이 사준 밥을 얻어먹고 돌아오신 그 님께서는 부쳐 먹을 땅이 없는 고향은 타관이나 마찬가지여서 마른 쑥대로 모깃불만 피우고 계셨습니다. 연기는 가느다랗게 피어올라 이내 사라졌습니다.

4

    살구나무는 오늘도 나뭇가지 아래서 잠드시는 그 님께 시원한 그늘이라도 드릴 수 있어서 기뻤습니다. 그 님께서 뜨신 뒤로 살구나무가 홀로 집을 지키며 자라 처음으로 살구꽃 피웠던 해에는 마당에 한껏 꽃향기를 내뿜었습니다. 코를 벌름거리며 향내 맡아줄 그 님께서 아니 계서서 너무 섭섭하였지만, 언젠가 돌아오시리라고 믿었기에 적막한 집 안에서도 해마다 살구꽃을 피우고 살구를 맺었습니다. 그러면 논밭으로 일 나가던 그 님의 친구들이 들어와서는 풋내 나는 살구를 따 먹는 바람에 익을 새가 없었지만 그럴수록 그 님께서 돌아오시기를 바랐습니다. 농민들은 자신이 심은 작물에만 거름을 주고 자신이 심지 않은 작물은 쳐다보며 주인을 욕한다는 것을 살구나무는 알았던 것입니다. 금년에는 그늘밖에 드릴 것이 없는 살구나무이지만 그 님으로부터 거름보다도 더 세게 전해오는 기운을 느꼈습니다. 그래서 그늘을 더 크게 만들어드리려고 잎사귀를 폈더니 그 님께서는 더 깊게 잠드셨습니다.

5

　　살구나무는 오늘부터 꿈을 접겠다고 다짐했습니다. 그 님께서 집 떠나신 뒤 어느 해 가을, 한 배고픈 남자가 지나가다가 들어와 목탁을 두드리고 합장하더니 살구를 배불리 따 먹고 떠났습니다. 그때 살구나무는 목탁 소리를 제 온몸이 울려서 나오는 소리로 들으면서 목탁이 다른 살구나무로 만들어졌다는 걸 금방 알아챘습니다. 그날부터 그 님께서 돌아오지 않으신다면 살구나무는 살아 있는 채로 목탁이 되고 싶다는 꿈을 꾸었습니다. 그 님께서 아니 계시는 집 안에 목탁 소리를 가득 채우고 싶어진 살구나무는 날마다 나뭇가지를 휘어서 자신을 두드리려고 했지만 그럴수록 살구꽃이 피었을 땐 살구꽃이 떨어지고 살구가 달렸을 땐 살구가 떨어지기만 했습니다. 그런데 그 님께서 집으로 돌아오시고 나자, 살구나무는 이제 목탁이 되지 않아도 좋다고 생각했습니다. 그 님께서 숨 쉬시는 소리 걸어 다니시는 소리 기침하시는 소리 오줌 누시는 소리가 뒤섞여서 살구나무를 조용하게 흔들어주었습니다.

6

　친구들이 농업을 놓은 것이 잘못은 아니었습니다. 적자 나는 농사를 짓는다면 죽을 땐 땅으로 그 빚 갚고 손 털 수밖에 없으므로 그것은 억울한 일이었습니다. 나무와 풀과 곤충들에게 빌려서 곡식을 지어 먹고살다가 죽을 때 돌려주는 것이 대지라는 생각을 할 수는 없었습니다. 땅은 대대로 내려가는 커다란 살림이라고 믿었기에 친구들은 논밭을 더 넓혀오다가 곡식 값이 헐해지던 해부터 더러는 땅을 도거리로 팔아서 도시로 나갔습니다. 그 님께서도 그리하신 사이에 고향에 남은 친구들은 농사지으며 해마다 손해를 보다가 아파트가 세워지기 시작한 뒤로 한 뙈기만 팔아도 평생 먹을 곡식을 살 수 있었습니다. 그렇다고는 해도 먼저 농업을 놓고 거덜 나신 그 님께서도 잘못하지는 않으셨습니다. 꿍꿍이속이 다들 달라서 똑같이 농사를 지었어도 누구는 잘살고 누구는 못살았지만 그래도 그때는 그 님께서 친구들이 되실 수 있었고 친구들이 그 님이 될 수 있어서 누구나 잘하였습니다.

7

친구들이 논밭을 팔아서 잘살게 되던 해부터 김을 매지 않아도 되었으니 그 님의 빈집 앞도 지나다니지 않았습니다. 몰래 들어와 따 먹는 이가 없고 돌보는 이도 없어서 살구나무는 살구 몇 알 맺고 떨어뜨렸는데 드디어 그 님께서 돌아와 낙과한 살구를 주워 잡수셨습니다. 그런 후로 날마다 그늘에 들어 주무시는 그 님을 살구나무는 지켜보았습니다. 이따금 친구들이라도 찾아들면 그 님께서는 그늘 밖으로 걸어 나가 살구나무를 등지고 서실 테고, 그러면 살구나무는 잎사귀마다 녹음을 쏟아내어서 그 님을 빛나게 해줄 수 있을 것입니다만 친구들이 다시는 나타나지 않았습니다. 애당초 마당가에 자신을 심어놓으신 뜻을 몰랐을 적엔 답답하던 살구나무가 이제는 그 님께서 머무시기만 해도 그늘을 드리워줄 수 있어서 기꺼웠습니다. 금년 중에 살구나무가 그 님을 위하여 할 수 있는 별난 일은 머지않아 낙엽을 오래오래 떨어뜨려서 보여주는 일이었습니다.

8

그 님께서 친구들이시고 친구들이 그 님이던 시절로 다시는 돌아갈 수 없었습니다. 그 님과 친구들 사이를 가깝게 할 논두렁 밭두렁이 없었으므로 서로 불러서 같이 쉴 수도 없었습니다. 날이 가면 갈수록 친구들은 그 님을 안중에 두지 않았고 갈아먹을 논밭이 없는 고향은 이미 타향이어서 그 님께서도 친구들을 만나 같이 노닥거릴 수 없으셨습니다. 대면하여 헛말이라도 나눌 수 없게 되자, 다시는 피차 찾아서 오가지 않았습니다. 그 님께서 친구들이시고 친구들이 그 님이던 시절을 누구도 떠올리지 않았습니다. 논일 밭일을 같이 했던 때가 언제였는지 궁금해하는 이도 없었고 언제였는지 기억하는 이도 없었습니다. 그 님과 친구들 사이에는 오직 되돌려놓을 수 없는 긴긴 여름뿐이었습니다. 그래도 그 님께서는 거기 서 있기만 해도 마음이 풀어지던 논두렁 밭두렁으로 나가셨고 친구들은 모조리 그 님을 잊어버렸습니다.

9

　그 님께서는 자신의 소유였던 높드리를 찾아갔다가 돌아서 시었습니다. 논둑 대신에 담장이 둘러쳐져 있고 커다란 아파트가 서 있었습니다. 그 님께서 타관에 나가 집 짓는 공사장 잡부로 떠도시는 동안에 높드리는 집터가 되어버렸습니다. 땅이 주인에 따라 들판이 되기도 하고 택지가 되기도 하고 공장지대가 되기도 한다는 것이 그 님께는 너무 낯설었습니다. 집 짓기 위해 땅을 파던 잡부 생활 작파하시고 그 님께서 돌아오신 까닭은 빈 땅이 보이면 모조리 갈아서 돌멩이 주워내고 거름 넣으며 살았던 대로 살고 싶어서였지만, 고향도 타관을 닮아가고 있어서 하실 수 있는 일은 잡부 생활뿐이었습니다. 이제 농업은 간절히 원해도 마음대로 택할 수 없는 직업이 되었습니다. 사람에게 농사짓는 법을 잊어버리게 만든 게 무엇인지 생각하시면서 그 님께서는 길가마다 서 있는 아파트를 새삼스럽게 허허하게 바라보셨습니다.

10

그 님께서는 자식들이 찾아와 줄 날을 기다리셨습니다. 어린 자식들에게 물려주신 것은 햇빛과 바람 소리였고 자식들이 커서 받아 간 것은 그늘과 한숨 소리였지만 이제는 살구나무라도 건네주실 수 있었습니다. 빈털터리 아비에게서는 빈털터리 새끼가 나오는 것이 법칙인 세상에서 그 님과 자식들에게 너무 자연스럽게 그 법칙이 지켜졌습니다. 자식들에게 내려줄 들판이 없는 곳에서 그 님께서는 자식들을 가르치실 수 없었고 그 님께 올려줄 들판이 없는 곳에서 자식들은 그 님을 받들 수 없었습니다. 그걸 그 님께서 도시에서 수긍하시고 나자, 빈털터리인 채로 각자 살아갈 길이 나누어져 버렸습니다. 이제 자식들이 그 길을 더듬어 찾아온다고 해도 들판에서 같이 지낼 수는 없겠지만 그 님께서는 빈털터리가 된 사연을 말하고 전 재산인 살구나무나마 보여주려 하셨습니다. 아니었습니다. 마지막 남은 헌 집 한 칸을 자식들에게 으스대며 물려주고 싶어 하셨습니다.

11

　헌 집 둘레를 둘러보시던 그 님께서는 살구나무 가지 위에 얹힌 둥지를 발견하셨습니다. 짚으로 동그랗게 지어진 둥지가 자그마해서 어떤 새인지 궁금해지신 그 님께서는 종일 기다리셨습니다. 해가 저무는데도 끝내 새가 귀소하지 않자, 그 님께서는 무릎을 치며 탄식하셨습니다. 새가 낡은 둥지를 버리고 떠났을 적에는 먹이를 찾아가 새 둥지를 지었을 터였습니다. 그 님께서는 태어난 곳을 떠나 살아갈 곳을 찾아갔으면 죽어서나 돌아와야 했다고 후회하셨습니다. 새는 낡은 둥지로 다시는 날아오지 않을 것입니다. 사람들이 모이는 곳이면 어디든 살아가는 방편이 다르게 마련이므로 그 님께서는 자신도 새로운 땅에 남았어야 했다고, 달리 살아가지 못해 헌 집으로 돌아온 자신에게 잘못이 있다고 생각하셨습니다. 오로지 남아 있는 땅이라고는 마당뿐인 헌 집에 머물러 있어도 평생 할 수 있는 일이 없다는 것을 그제야 그 님께서는 깨달으셨습니다.

12

    살구나무가 그 님께 내어드릴 그늘도 엉성해졌고 그 님께서도 살구나무 아래로 찾아들지 않으셨습니다. 햇볕이 식어가면서 고추잠자리 떼가 마당을 돌다가 이따금 가지에 앉았고 벌레들이 껍질 속에 알을 슬어놓고는 마당을 가로질러 사라졌습니다. 살구나무는 그 님께 아무것도 드릴 수 없게 되자 햇볕만이라도 양껏 가지시기를 바랐습니다. 그러나 처마 아래 앉아서 곡식이 널려 있지 않은 마당을 내려다보며 시름겨워하시는 그 님께서는 살구나무에게 관심을 두지 않으셨고 살구나무는 나뭇가지를 제 밑동으로 내려놓고 목탁이 되어 이 적막을 깨뜨리고 싶어 했습니다. 텅 빈 마당에는 고추잠자리들 그림자와 벌레들 발자국만 가득하여서 그 님께서는 자신의 일생은 어쩌면 저것들보다 못할지도 모른다고 생각하셨습니다. 떠나야 할 때를 모르고서 살아남기 위해 함부로 때를 바꾸어보려고 했던 걸 뉘우치시는 그 님의 마음을 살구나무는 헤아리지 못하고 빠르게 잎들만 시들어갔습니다.

13

가을이 깊어지자, 그 님께서는 길찬 숲 속에 다니셨습니다.
하루는 산초나무 한 그루 캐어 와 심고 다음 날에는 참나무
한 그루 캐어 와 심고 그다음 날에는 오동나무 한 그루를 캐
어 와 심고 또 그다음 날에는 산벚나무 한 그루를 캐어 와 심
으셨습니다. 가을에 나무를 옮겨 심어 어렵사리 살려보시겠다
는 그 님의 처사를 살구나무는 헤아릴 수 없었지만 그 님께서
는 날마다 아무 나무라도 한 그루씩 캐어다 마당의 길체마다
심으셨습니다. 가을이 다 가는 날까지 멈추지 않으시니 헌 집
은 그만 나무에 둘러싸였습니다. 그 님께서는 처깔한 채 며칠
들어앉으셨고 살구나무도 이제 그 님께 낙엽을 떨구어 보여줄
때가 왔다고 여겼습니다만, 그보다 먼저 그 님께서 옮겨 심으
신 나무들이 메마른 잎들을 흩날렸습니다. 마당에서 가랑잎들
뒹구는 소리가 길찬 숲 속으로 울려 퍼져 나가자, 그 소리에
온 산에 단풍이 들었습니다. 살구나무는 조용하게 마른 잎들
을 다 떨어뜨렸습니다.

14

　서리 내린 아침, 그 님께서는 짚을 구해 와 나무들의 밑동을 꼭꼭 감싸고 동여매 주셨습니다. 살구나무는 생전 처음으로 따뜻하게 월동할 수 있게 되었습니다. 이 마당에 심긴 뒤로 아무나 여름철에는 풋살구를 따러 와서 가지 부러뜨렸으나 겨울철에는 보살펴 주지 않았습니다. 그 님께서는 살구나무에게는 특별히 두껍게 짚으로 감싸면서 매무새를 단단하게 매만져 주셔서 살구나무는 편안하였습니다. 그렇지만 왜 그랬어야 했는지 스스로도 자세히 알지 못하신 그 님께서는 살구나무를 오래오래 쳐다보고는 돌아서시었습니다. 그때 살구나무는 보았습니다. 그 님의 가슴에 무늬로 떠오르는 자신의 나뭇가지들을…… 그 님의 다리에 무늬로 내리는 자신의 뿌리들을…… 그 님께서 성큼성큼 걸어가실수록 그 무늬는 뚜렷하게 한 그루 살구나무로 변하였습니다. 그 님께서 한 번도 돌아보지 않으셨지만 살구나무는 명년에는 다른 나무들보다 일찍 움을 틔우겠다고 다짐하였습니다.

15

낙엽이 다 진 날, 그 님께서는 집을 떠나셨습니다. 살구나무는 명년에 살구꽃 필 때까지 그 님께서 머물러주실 줄 알았다가 마당에 서서 한번 둘러보시는 그 님을 보고는 그만 알아차렸습니다. 살구나무가 산비탈에서 옮겨 심긴 뒤 떠나신 그 님을 기다렸듯이 산에서 옮겨 심긴 나무들도 어떻게든 인동을 하고는 그 님을 기다릴 것입니다. 설령 그 님께서 아니 돌아오신다 해도 나무들은 숲을 이루고는 그 님을 기억할 것입니다. 그러나 살구나무는 겨울잠에 들면서 다시 제 온몸을 비워서 목탁이 되고 싶은 꿈을 꾸다가 불현듯 사람이 되어가는 자신을 보았고 그 님께서는 멀리멀리 멀어지면서도 나무가 되어차가운 산모롱이에 박히는 자신을 보셨습니다. 아아, 그 님께서는 결국 나무들에게 마지막 남은 땅을 돌려주고는 집을 영떠나셨습니다. 겨우내 가지를 떨며 목탁 소리를 내려고 애쓰던 살구나무가 이듬해 봄에 뿌리로 들어오는 한 분의 신이 계셔서 아프게 받아들이자, 집 안의 나무들이 놀라서 일제히 움을 틔우고는 살구나무를 우러러보았습니다. 살구나무는 그 님의 모습으로 바뀐 자신을 알 수 있었습니다.

16

　자식들이 그 님을 찾으러 와서 헌 집에 머물렀습니다. 살구나무가 살구꽃을 송이송이 피워서 보여주었더니 자식들은 더 이상 그 님을 수소문하지 않고 여러 나무들 아래를 서성거렸습니다. 그 님께서 어딜 가셨는지 궁금하지 않게 되니 마침내 자식들이 집의 주인이 되었습니다. 그 님 아니 계시면 당연히 자식이 주인이 되는 인간의 법을 그 님께서만 미처 모르셨습니다. 자식들은 꽃향기를 맡으며 녹음에 들어앉아 있는 것도 지겨워지자, 헌 집을 허문 다음 나무들을 베어내고는 널찍하게 터를 닦아 새 집을 지었습니다. 살구나무는 동강 난 채로 버려졌을 때 목탁이 되고 싶다는 비원을 다시 품었지만 한 분의 신이 베여서 피를 흘리는지 등걸에서 진물이 솟아 나왔습니다. 하지만 자식들은 눈여겨보지 않고 가지들을 패어 여름 때까지 말려서는 불 지펴 밥을 하고 고기 구워 배불리 먹었습니다. 이렇게 하여 그 님께서 비로소 영원히 죽으셨으나 그 사실을 자식들은 알지 못했습니다. 그렇거나 말거나 그 님께서 헌 집이라도 남겨두셨다는 것이 흡족하여 자식들은 처음으로 그 님을 존경하였습니다.

17

그 님께서는 자식들의 두 눈을 읽지 못하셨더랬습니다. 자식들이 일생 무엇을 보고 무엇에게 고개 돌렸는지 누구에게 잘 보이고 누구를 안 보려고 했는지 그 님께서는 읽고 싶어 하지 않으셨더랬습니다. 그랬으니 자식들은 새로이 집을 짓고 닦은 마당에 콘크리트를 깔았습니다. 비가 오면 잘 빠지고 볕이 나면 잘 드니 행여나 그 님께서는 밟으셨으나 자신들은 보지 못하는 땅이 더 있다면 찾아내야 한다며 자식들이 수소문했습니다. 그 님께서 원하셨든 아니 원하셨든 자식들이 땅에서 살아내야 하는 법은 그렇게 따로 있었습니다. 그랬으므로 자식들은 그 님의 발짝 소리를 알지 못했더랬습니다. 그 님께서 일생 어디를 다니면서 어디로 가려고 하셨는지 누구를 만나고 누구에게 가까워지려 하셨는지 자식들은 알고 싶어 하지 않았더랬습니다. 다만 그 님과 자식을 잇게 한 게 땅이었지만 서로에게 다르게 이용하도록 주어졌던 땅을 그 님께서도 모르셨고 자식도 몰랐습니다.

18

　아무도 그 님을 기억하지 않았습니다. 그 님께서 심으신 살구나무 한 그루와 그늘이 다 다른 한 그루씩의 나무들이 있었다는 사실과 그 님의 자식들에게 모조리 베였다는 사실을 아무도 알지 못했습니다. 그 님의 자식들은 새 집을 팔고 떠났고 낯선 가족들이 이사 왔습니다. 낯선 가족들은 맨 먼저 마당에다, 산비탈에 가서 살구나무 한 그루를 캐어 옮겨 심은 뒤 길찬 숲 속에 가서 산초나무 참나무 오동나무 산벚나무 한 그루씩 캐어 옮겨 심었습니다. 그 님께서 계시지 않아도 뒤에 온 사람들은 앞서 간 사람들을 따라갔고 앞서 간 사람들의 잘잘못을 몰라도 뒤에 온 사람들은 잘한 짓만 골라 따라 했습니다. 그 님께서 사셨던 세상이 되풀이된다 하더라도 누구라도 그 님께서 다시 사시기를 바라진 않을 것이나 누구라도 살아볼 만한 세상이 아니라고는 장담하진 못할 것입니다. 원래부터 그 님의 땅이 남들의 땅이었고 남들의 땅이 그 님의 땅이어서 저마다 살아갈 곳이 따로 있진 않았습니다. 그래서 아무도 그 님을 기억하지 않았습니다.

님들

1

제가 돌아와서 보니 애당초 님들께서 고향에 정말 사셨는지 의심이 들었습니다. 거리에는 저마다 자기 집의 표시로 키우던 잎 다른 나무들이 없어져서 집을 찾아낼 수 없었습니다. 저는 자꾸 기웃거렸습니다. 분명히 아이 적에는 여름철이면 뙤약볕 받으며 걸어가면 들이 나왔는데 그늘을 찾아 걸어가면 산이 나왔는데 온종일 나다녀도 볼 수 없었습니다. 님들께서 계셨어도 이러했을까요? 님들께서 아니 계셔서 이러할까요? 고향에 오니 거리가 낯설기만 하였습니다. 님들을 그리워하며 돌아왔어도 어릴 때 본 나무와 집과 들과 산을 찾아내지 못하였습니다. 늙어서 찾아올 저를 위하여 님들께서 어쩌다가 제자리에 놔두지 못하셨는지요? 어디를 둘러봐도 님들께서 신새벽이면 양철통에 담아 지고 오다 흘렸던 우물물 소리도 해질 녘이면 묵은쌀 찧고 등겨 가마니 메고 가다가 앉아 길바닥에 두드리셨던 지게 작대기 장단도 들리지 않아서 고향에 와도 마냥 타관을 탔습니다.

2

님들께서 저마다 언제 뜨셨는지 아는 사람이 없었습니다. 마을을 뜨셨는지 세상을 뜨셨는지도 아는 사람이 없었습니다. 님들께서 머물러 계신 곳은 고향에서 몇 리나 됩니까? 저마다 남들보다 더 거두셨던 곡식 낟알과 풋나물 잎사귀를 타향이나 저승까지 가지고 가셨습니까. 그렇지 않다면 서로서로 논밭에서 하셨던 두레도 품앗이도 억울한 일이겠습니다. 그렇게 일하실 적에도 자신의 논밭에서 더 소출이 많이 나기를 저마다 속으로 은근히 바라셨으니까요. 그래서 님들께서 타향으로 가셨든 저승으로 가셨든 조용하게 가셨을 테지만 저는 행선지를 알지 못하겠습니다. 님들을 그리워하며 온 것은 다만 님들께서 일하신 대로 일하지는 못하더라도 새와 바람과 가축과 너나들이하며 사신 대로 마지막 살고 싶기 때문입니다. 제가 왜 왔는지 알고 싶어 하는 사람이 전혀 없는 고향에는 그러나 사람들이 티격태격하였습니다.

3

님들께서 만들어놓으신 공동묘지가 없어지고 그 자리에 집들이 들어서 있었습니다. 산 자들만이 땅을 차지해서 죽음에 든 자가 누울 곳이 없으면 고향이 아닙니다. 상여 나갈 적마다 모여들어 눈물을 흘리다가 죽음까지도 가까이 모셔두려고 만든 공동묘지가 뭉개졌으니 님들께서 어딘가에 계시다면 제가 울겠습니다. 그래도 님들께서 산모롱이에 서서 옷을 털면서 저를 보고 계실 것 같기에 가서 보면 산그늘이 내려와 있고 시냇가에서 발을 씻으며 저를 기다리고 계실 것 같기에 가서 보면 물소리만 나서 저는 그만 울어버리고 말았습니다. 이렇게 대낮의 적막에 들기만 해도 울음보가 터지니 새로 살러 온 사람들이 땅에다 집들을 짓기 위해 하늘에다 공동묘지를 옮겨놓고는 죽은 자로 하여금 누울 수 있게 했나 봅니다. 고개를 들고 쳐다보니 하염없이 눈물이 쏟아지는 날, 고향에서 죽을 수 없는 제 처지를 곧이곧대로 받아들였습니다.

4

　제가 몰래 고향을 떠났던 젊었을 적에 님들께서는 들에서 타작을 하셨습니다. 논바닥에 쌓여 있던 볏단을 들고 탈곡기에 알곡 떨어내시던 님들을 뇌두고 마당 밟고 나온 뒤로 제가 한 짓은 모조리 먹을거리 사 먹는 일이었습니다. 곡식을 뿌리고 거두면 장만할 수 있는 식량을 저는 공부한 지식을 팔고 받은 돈으로 사들였습니다. 기껏 한 입 잘 채우기 위해서 고향을 떠났지만 님들께서 추수하신 알곡을 제가 사 먹을 수 없었다면 다시는 고향에 돌아오지 못했을 겁니다. 타관에서 저는 씨앗 한 톨 비축하지 못했고 연장 한 개 장만하지 못했고 논고랑 한 골 소유하지 못한 채 남들의 생에 부대꼈습니다. 고향에서는 울타리 없어도 비교되지 않는 살림이 타향에선 높은 담벼락에 가려 있어도 잘 먹는 집과 못 먹는 집이 구별되었습니다. 그래서 밥상을 차려 먹는 데 일생을 걸었으나 늙어서 돌아온 고향에 님들께서 아니 계셔서 저는 입맛마저 다 잃고 들을 돌아다녔습니다.

5

　들에는 곡식이 없고 공장이 있었습니다. 공장에는 기계가 없고 상품이 있었습니다. 상품에는 흙이 없고 식품이 있었습니다. 식품에는 식량이 없고 포장만 있었습니다. 포장에는 맛이 없고 색이 있었습니다. 색에는 신록이 없고 가공이 있었습니다. 가공에는 자연인이 없고 구매자가 있었습니다. 구매자는 님들 아니시고 저였습니다. 아, 저에게는 님들 아니 계시고 거리가 있었습니다. 거리에는 귀향이 없고 불귀가 있었습니다. 불귀에는 대낮이 없고 한밤이 있었습니다. 한밤에는 들풀이 없고 울음이 있었습니다. 울음에는 벌레가 없고 고통이 있었습니다. 고통에는 기억이 없고 실체가 있었습니다. 실체에는 고향이 없고 광경이 있었습니다. 광경에는 동향인은 없고 주민들이 있었습니다. 주민들은 제가 아니고 님들이었습니다. 님들께는 제가 없고 들이 있었습니다. 그러나 들에는 님들께서 아니 계시고 제가 있었습니다.

6

저는 밤길을 걸었습니다. 님들께서 계시지 않으니 쉬러 들어갈 집 한 채 없는 캄캄한 마을이었습니다. 아이들과 돌싸움하다 이마 깨졌던 산비탈도 이웃 동네에 놀러 갔다가 배를 놓치고 헤엄쳐 건너 옷을 말렸던 강기슭도 보이지 않았습니다. 님들께서는 별이 움직이면 산등성에 올라가 돗자리 깔고 누워 마음을 빛내셨고 달이 뜨면 강가에 나가 윗옷 벗고 윗몸을 씻으셨지요. 심신을 맑게 해야 흙에 쉽게 가까워진다는 것을 아셨는지요. 밤중에 걷다 보면 산은 봉우리를 깎어서 집터가 되어 있고 강은 물이 말라서 모래자갈만 무성하였습니다. 님들께서 초저녁에 마당에 모깃불을 피워놓으면 새벽까지 코를 골며 잘 수 있었던 여름밤이 이제 다신 오지 않겠지요. 사람들은 들에 나가 피사리할 논도 가지지 않았으며 논물을 대고 뺄 사람들은 더욱 없었습니다. 님들께서 계시지 않으니 이웃 한 분 만나지 못하는 캄캄한 산천이었습니다. 님들께서 아니 계시는 산천에는 저도 없어져야 한다는 건가요.

7

님들께서 아니 계시니 오일장이 서지 않았습니다. 제일 먼저 북적거리던 우시장에는 무녀리 한 마리도 없고 그다음에 펼쳐지던 채소전에는 풋나물 한 단도 없고 가장 나중에 벌어지던 피륙전에는 일옷 한 벌도 없었습니다. 아무 때나 서던 난전에는 장닭 한 마리도 없었습니다. 나흘 동안 농사꾼이다가 하루 동안 장꾼이 되시던 님들께서는 살 거리만큼만 팔 거리를 내다 놓으셨습니다. 논밭에서 거둔 곡식과 우리에서 기른 가축을 바꾸고 산에서 얻은 땔감과 집에서 만든 입성을 바꾸셨습니다. 님들께서 아니 계셔서 오일장이 없어졌는지 오일장이 없어져서 님들께서 아니 계시는지 헤아려보면서 시가지로 나왔을 때, 공장에서 쏟아져 나온 식료품과 생필품이 차고 넘쳐서 사람들이 마음껏 사고팔고 있었습니다만, 한 점도 구매하지 않는 저를 외면하였습니다. 그때야 제가 고향을 떠난 뒤로 님들께서도 어디론가 가시는 바람에 오일장이 서지 못했다는 걸 알았습니다.

8

　님들께서는 들에서 익어가는 벼를 바라보며 여름을 나셨습니까. 비가 오기를 기다리다가 장마 지면 아침저녁으로 논물을 빼고 가뭄 들면 봇도랑 물길을 돌리려고 밤낮없이 논에 나가셨습니다. 윗논 주인이 너무 오래 물꼬를 틔우거나 막아놓으면 아랫논 주인이 몰래 가서 막거나 틔우기도 했지요. 홍수에 쓰러진 벼와 논바닥에서 마르는 벼를 바라보는 일을 여름에는 가장 견디기 어려워하셨습니다. 두레로 모내기를 하고서도 자기 논의 벼를 한 포기라도 더 살아남게 하려고 물꼬 싸움 하시는 님들을 보면서 여름내 저는 의아해했지만 가을이 오면 서로에게 풋벼바심하라고 됫박씩 갖다 주시는 모습을 보고는 제 것 챙기려고 싸워야 나중에 남에게 정을 내게 된다는 것도 알게 되었습니다. 주민들이 다 같이 논일해야 할 때와 주인이 혼자 논일해야 할 때를 가려서 님들께서는 돕고 다투셨으니 여름은 님들을 가장 님들답게 만들어주는 철이었습니다. 그 농사철을 내버리고 님들께서 어디로 가셨습니까.

9

　님들께서 지내셨던 여름을 그대로 지내는 사람은 아무도 없었습니다. 그늘을 빌려주기 위해 나무를 키우는 이도 없었고 나무를 찾아가 그늘을 빌리는 이도 없었습니다. 우물을 찾아가 마실 물을 퍼 올리는 이도 없었으며 마실 물을 얻기 위해 우물을 파는 이도 없었습니다. 고향에 들어선 시가지에는 그늘도 물도 상품이 되어서 얼마든지 사고팔았습니다. 님들께서 버드나무 그늘에 삽자루 깔고 앉아 들을 바라볼 적에 제가 서성거리면 옆자리를 내주셨고 님들께서 우물에서 두레박을 올리다가 제가 다가서면 물동이에 붓기 전에 물 마시게 해주셨습니다. 그것으로 큰 제가 님들의 나이가 되어 고향에 돌아와서야 그것이 사람 키우는 일임을 알게 되었습니다. 그늘도 물도 상품으로 사고파는 시가지는 님들께서 원하신 마을은 아니었지 싶었습니다. 님들께서 지내셨던 여름을 그대로 지내지 않는 사람들은 저를 알은체도 하지 않았고 저는 나무와 우물을 찾아다녀 보았습니다.

10

　님들께서 고향에 남기신 것은 수없는 쟁기질이었습니까, 낫질이었습니까. 결국 남들에게 다 넘겨주신 가없는 논고랑이었습니까, 알곡이었습니까. 제가 타향에 남긴 것은 남과 대거리한 헛말과 남에게 에멜무지로 한 헛일이었습니다. 타향에서 사람들 사이에 살아남으려면 사람들 사이에 오가는 묵계를 헤아릴 줄 알아야 했습니다. 산다는 것이 저에게는 속가량보다는 겉가량을 잘해야 하는 일이었습니다만 님들께는 저울에 곡식을 올려놓고 추 고르거나 눈금 보시는 일이었을 겁니다. 그러나 고향을 아무리 둘러보아도 님들께서 곡식을 덜 거두고 가슴 치신 모습은 남아 있지 않았습니다. 타향을 아무리 둘러보아도 제가 남에게 손가락질당하던 모습은 남아 있지 않을 것입니다. 그래도 그런 날에도 집에 돌아와 자시고 주무셨던 님들께서는 밥그릇과 이부자리는 어딘가에 남겨두셨겠지요. 저도 그렇게 하였습니다. 이다음에 저와는 다른 사람, 님들과는 다른 사람들이 올 테니 그들은 잘 먹고 잘 잘 것입니다.

고향에서 장사하는 사람들이 님들과 달라 보이지 않았습니다. 제가 여관에서 잠자고 식당에서 밥 사 먹고 난 뒤 걸어가자, 비로소 사람들이 말을 걸었습니다. 사람들의 말을 제가 알아듣고 사람들이 저의 말을 알아들으니 바람 소리도 들려오고 벌레 소리도 들려와서 거리에 아연 생기가 돌았습니다. 나무들이 없는데도 녹음이 일렁거렸고 우물이 없는데도 물이 출렁거렸습니다. 이 돌연한 사태에 제가 사람들을 쳐다보았더니 사람들도 저를 쳐다보았습니다. 멀리서 산들이 둘러서서 숲을 보여주었고 멀리서 들이 둘러앉아 강을 보여주었습니다. 님들께서 아니 계셔도 사람들이 살아가는 이유를 알겠습니다. 고향을 찾아와 님들만 그리워한 것이 미안하여서 저는 사람들에게 일일이 고개를 숙이고 큰 소리로 인사하였습니다. 사람들은 끝없이 말을 걸어왔고 저는 끝없이 대답하였습니다. 그리고 나니 고향에서 장사하는 사람들이 님들과 다르지 않고 저와 다르지 않았습니다.

12

  제가 사람들을 님으로 보자, 사람들도 저를 님으로 보았습니다. 시가지에서 사람들이 님이 되고 제가 님이 되자, 하늘로 새 떼가 훨훨 날아가고 길가로 푸새들이 쑥쑥 돋아났습니다. 사람들과 저는 군음식을 나누어 먹었습니다. 애당초 한 분의 님 아닌 사람이 없었는데 저마다 자신을 님으로 생각하지 못하여서 님이 없어 보였던 것이었습니다. 이 사실을 알고 나자, 사람들도 저도 더 배가 고파져서 군입을 다시었습니다. 저에게는 고향이고 사람들에게는 타향인 시가지가 비로소 동향으로 여겨졌습니다. 굶어본 이들은 고향과 타향을 나눌 수 없고 자신이나 남이나 님으로 보지 않을 수 없었습니다. 군음식을 더 나누어 먹으면서 님이 된 저나 님이 된 사람들이 체면치레를 하지 않자, 시가지에는 손님들이 몰려들어서 북적대다가 그들 역시 님이 되었습니다. 그런데 모두가 모두에게 님이 되니 누구도 누구를 님으로 부르지 않았고 누가 누구에게도 님으로 불리지 않았습니다.

13

저는 님들을 찾지 않기로, 들에다 부려두셨던 님들의 일생을 찾아보지 않기로 했습니다. 면전에서 일어나는 사건만으로도 벅찼습니다. 어떤 사람은 제가 남에게 세 끼니를 빌던 대로 빌었고 제가 남에게 주먹질했던 대로 주먹질하였고 제가 남을 비웃던 대로 비웃었습니다. 제가 타관에 나가서 했던 짓거리를 제 고향에 온 사람들이 그대로 했습니다. 이렇게 저나 사람들이 다른 행동거지를 하지 않으니 아마 님들께서도 시가지에서 사셨다면 저와 다르게 살진 못하셨을 겁니다. 제 고향에 온 사람들이 했을 짓거리를 저는 타관에 나가서 그대로 했습니다. 어떤 사람이 남에게 잠자리를 빌던 대로 잠자리를 빌었고 어떤 사람이 남에게 발길질을 하던 대로 발길질을 했고 어떤 사람이 남에게 욕지거리를 뱉던 대로 욕지거리를 뱉었습니다. 하지만 제가 님들을 찾는다 해도 들에다 부려두셨던 님들의 일생을 찾아본다 해도 사람들이 그대로 하진 않을 겁니다. 님들께서 들을 놓아버리고 뜨실 때 사람들이 그 들을 밟으며 들어왔을 테니까요.

14

　사람들 모두가 님이 되고 누구나 님이 되자, 아무도 님으로 여기지 않았습니다. 님들께서는 여름 되면 보리밥 짓고 겨울 되면 쌀밥 지으셨지만 저는 일 년 먹을 양식을 미리 준비하지 않아도 되었습니다. 들에는 공장이 세워졌는데도 지천에 곡식이 남아돌았습니다. 님들께서 씨를 뿌려놓지도 않으셨고 사람들이 알곡을 거두지도 않았건만 누구나 님이 되는 땅이라서 그러했을까요. 들에 공장이 생겨날수록 집집에는 양식이 넘쳐났으므로 님들께서 겉보리 거둬 쌓아두고 여름 나고 나락 거둬 쌓아두고 겨울 나신 한해살이를 사람들은 살고 싶어 하지 않았습니다. 그러나 사람들 모두가 님이 되고 누구나 님이 되자, 나날이 아무도 님으로 여기지 않았습니다. 그것은 제가 님들께서 사셨던 땅에 살지 않아도 되는 이유였습니다. 님들께서 뜨셨던 대로 저도 떠야겠습니다. 그러고 나면, 서로에게 님이 되었어도 서로가 님으로 여기지 않는 사람들도 언제까지나 저와 님들의 고향에 머물진 않을 것입니다.

15

제가 가는 곳에 님들께서 계시기를 바랍니다. 제가 동녘으로 가거든 아침놀로 계시다가 빨리 햇빛을 보게 해주시고 제가 서녘으로 가거든 저녁놀로 계시다가 늦게 어스름을 보게 해주세요. 낮이 길어지면 저는 하루에 더 멀리 갈 것입니다. 제가 남녘으로 가거든 바다로 계시다가 수평선을 보게 해주시고 제가 북녘으로 가거든 대륙으로 계시다가 지평선을 보게 해주세요. 다가갈수록 끝없이 멀어지면 저는 멈추지 않을 것입니다. 아닙니다. 그런 일은 덧없으니 제가 들의 길을 가거든 물꼬를 막고 계시다가 비켜주시고 제가 강의 길을 가거든 손을 씻고 계시다가 물결을 일으켜주세요. 제가 물줄기를 잡아끌고 님들의 땅을 적시겠습니다. 제가 낮의 길을 가거든 해를 향해 서 계시다가 그림자를 내려주시고 제가 밤의 길을 가거든 달을 향해 서 계시다가 달무리를 떠올려 주세요. 저도 밤낮없이 님들의 하늘을 우러러보겠습니다. 그런 일을 하면 제가 님들께서 받아들이시는 님이 될 수 있겠습니까.

16

어디에서도 저는 님이 아니었습니다. 제가 바라보는 것들도 님들이 아니었고 제가 먹는 것들도 님들이 아니었고 제가 듣는 것들도 님들이 아니었습니다. 저는 눈을 부라렸고 입을 다셨으며 귀를 후볐습니다. 남들은 혼자인 저에게 다가왔으되 마주 보게 했고 남들은 허기진 저에게 수저를 주었으되 밥을 짓게 했고 남들은 지친 저를 감싸주었으되 머리를 쳐들게 했습니다. 남들과 같이 지내는 동안 저는 뒤통수를 보지 않았지만 남들은 돌아보며 눈짓을 하였고 저는 이빨을 닦지 않았지만 남들은 먹을거리를 나눠주었고 저는 헛소리를 하지 않았지만 남들은 고개 돌리며 귀를 기울였습니다. 제가 좇아갈수록 남들은 어디에서든 님들이 되어갔습니다. 남들이 바라보는 것들도 님들이 되어갔고 남들이 먹는 것들도 님들이 되어갔고 남들이 듣는 것들도 님들이 되어갔습니다. 그리 되어가는 덕분에 저도 여러 님들한테 님이 되어갔습니다.

자연부락 몰락 이후의 서사

오연경 **문학평론가**

하종오의 님 연작은 1994년에 시작되어 이십 년 가까운 세월을 이어오고 있는, 우리 시사에서 보기 드문 대서사시라 할 수 있다. 하종오 시인의 기획에 따르면 이번 시집의 출간으로 님 연작의 외편(『님 시편』, 1994)과 내편(『님』, 1999), 그리고 전편(『님 시집』, 2005)과 후편(『님 시학』, 2012)이 갖춰짐으로써 이제 본편만 남겨두게 된 셈이다. 이 무섭도록 집요한 시작詩作에는 분명 하나의 일관된 화두가 작동하고 있을 터인데, 시인은 그것을 진작부터 '운문 정신'이라 밝혀두고 있다. '운문 정신'을 내세운 시인의 자서를 두루 살펴보건대, 그것은 문명과 자본의 야만에 맞서 지켜내야 할 인간 본연의 정신, 즉 운율과 서정으로 압축되는 고매한 인간 정신이라 할 수 있다. 그의 운문 정신이 네 권의 시집으로도 부족한 연작 장시의 형식을 요구하는 아이러니는 지금 여기의 현실에서 비롯될 것이다.

지금의 세계는 민족, 국가, 인종의 경계를 초월하여 자본의 절대적 지배하에 놓여 있다는 점에서 '전 지구적 자본 제국'이라 할 만하다. 자본의 지배가 절대적일 수 있는 것은 그것이 내용이 아닌 순수 형식으로서만 존재하기 때문이다. 자본의 유일한 목표인 수익성은 '자기증식'이라는 형식으로 실현되는데, 이 무자비한 증식력은 어떠한 악의도 없이 구조적 폭력을 행사한다. 이 폭력은 객관적이고 체계적이고 실체가 없다는 점에서 자본주의 이전 시대의 어떤 폭력보다도 훨씬 폭력적이다. 우리 시대의 불행은 이 자본의 폭력적 형식을 개인의 생존 방식으로 내재화할 수밖에 없다는 데 있다. 자본이라는 형식 자체가 주체를 조종하는 이 상황을 서구의 한 철학자는 "자기증식 하는 자본의 형이상학적 춤사위"라고 표현했다.

하종오의 님 연작시는 바로 그 '자본의 형이상학적 춤사위'가 남긴 무한한 자국들에 대한 무한한 기록이다. 그 기록의 현장이 주로 농촌에 집중되어 있는 이유는 농촌이 자본의 채찍질에 노출되어 있는 가장 취약한 지대이며, 그 취약한 지대의 몰락이 '자본 제국 베드타운'의 건설 토대를 제공하고 있기 때문이다. 달리 말하면 오늘날의 농촌은 그만큼 자본이 남긴 상처와 상실을 가장 확실하고 다양한 사례로 수집할 수 있는 지대라 할 수 있다. 님 연작이 단순히 농촌시, 전원시, 생태시 등의 범주로 귀결될 수 없는 이유가 여기에 있다. 그의 시는 농촌적 삶에 대한 지지나 농민 숭배를 위한 것이 아니다. 그의 시에는 자본의 춤사위에 농락당하는 사람들의 마음살이(서정)와 살림살이(서사)를 더함도 덜함도 없이 그대로 옮겨놓겠다는 필경筆耕의 의지가 있을 뿐이다. 그러므로 님 연작은 사람들의 섬세한 마음살이를 드러내기 위한 서정적 전략으로서의 '님'과 사람들의 구체적 살림살이를 기록하기 위한 서사적 전략으로서의 '연작'이 더해진 결과물로 볼 수 있다. 시의 다작을 운명으로 받아들인 하종오 시인은 호미(운문 정신)와 쟁기(서사 형식)로 시의 밭을 경작하는, 이 자본 제국의 외로운 필경사일 것이다.

님 연작의 전편 『님 시집』이 '자연부락 몰락의 징후'에 대한 기록이었다면, 후편에 해당하는 이번 시집은 전편의 제3부로부터 자연스럽게 이어지는 '자연부락 몰락의 이후'에 대한 기록으로 볼 수 있다. 하종오의 시에서 '님'은 이 땅에 사는 모든 평범한 사람들이다. '님'은 만인萬人이자 현실이고 자기이자 타자이다. 그것은 이 땅의 생존 조건을 받아들인 낱낱의 개체들이되, 개체들 간의 관계 속에서 끊임없이 긴장하고 유동하는 역동적 개체들이다. 하종오의 '님'이 한국시의 '님' 전통을 계승함과 동시에 관념론적 '님'을 실재론적 '님'으로 현대화한 의의가 여기에 있다. 이번 시집에 등장하는 '이 님' '저 님' '한 님' '다른 님' '그 님' '님들'은 각자의 입장과 처지와 꿈과 욕망에 따라 서로 공존하고 동반하고 반목하고 외면하면서 자본이 지배하는 이 땅의 삶을 살아내거나 혹은 죽어가고 있는 무수한 주체들이라 할 수 있다. 시집의 구성상 그들의 삶은 탈향의 과정을 거쳐 타향살이로, 다시 타향 같은 고향으로의 귀향을 거쳐 마침내 고향과 타향의 구분이 없는 동향의 삶으로 귀결되는 하나의 서사를 이루고 있다.

'이 님'의 탈향脫鄕

『님 시학』의 첫 장은 공동체적 농촌이 몰락하고 자본주의적 도시화가 이루어지는 과정의 사람살이를 '이 님'과 '저 님'의 갈등과 반목을 통해 보여준다. 여기서 '이 님'은 '저 님'에게 땅을 팔아버린 토박이 주민이고 '저 님'은 '이 님'의 땅을 사서 들어온 외지인이다. 시인은 '이'와 '저'라는 지시대명사를 통해 두 님 사이의 거리와 처지 변화를 단적으로 드러낸다. '이'와 '저' 사이의 거리만큼이나 생활 방식과 속궁리가 다른 두 님은 "이 님께서는 이 님인 채로 저 님께서는 저 님인 채로"(「이 님 저 님 13」) 지내다가, 결국에는 본래 이곳의 주민인 '이 님'이 다른 곳으로 가 '저 님'이 되고 다른 곳으로부터 옮겨 온 '저 님'은 이곳을 다스리는 '이 님'이 된다. 그렇게 된 데에는 '이 님'과 늙은 주민들이 '저 님'과 새로운 주민들에게 땅을 팔아넘긴 잘못이 컸다. '이 님'의 땅이 '저 님'의 땅이 되어감에 따라 '이 님'과 '저 님' 사이의 거리는 "채마밭 한 배미"에서 "들녘 한 마장"으로 늘어났고

“저 님께서는 자기 땅을 밟고 다니며 발자국을 남기”시는 동안 “이 님께서는 나뭇잎 한 잎도 풀씨 한 톨도 가지실 수 없”(「이 님 저 님 3」)게 되었다.

“한밑천 챙겨 마을을 뜨고 싶어 하신 이 님”(「이 님 저 님 5」)의 욕망은 자연부락에 자본의 춤사위를 불러들였고 그것은 걷잡을 수 없이 무한 증식하며 도시화에 불을 붙였다. “포클레인이 들판을 깔아뭉개기 시작하자” “평생 식구들과 애면글면했던 들판이 반나절도 채 안 되어 막막한 평지”(「이 님 저 님 6」)가 되어 버리고 그 평지에는 빌딩과 집들이 들어서기 시작한다. “점점 이 님의 집을 닮은 집들이 허물어지고 저 님의 집을 닮은 집들이 세워져서 온 마을이 저 님의 집 안으로”(「이 님 저 님 10」) 보이게 되고 “마침내 이 님께서는 마을의 어른이 아니셨고 저 님께서 마을의 어른이”(「이 님 저 님 13」) 되기에 이른다. 그러나 ‘이’와 ‘저’의 자리바꿈 과정에서 무엇보다 크게 변한 것은 땅의 가치와 의미, 땅과 사람의 관계다.

이 님께서 저 님을 찾아가 들판을 들판인 채로 둘 수 없느냐고 울먹이셨을 때 저 님께서는 지주가 마음대로 할 수 있는 게 땅이라고 말씀하셨습니다. 이 님께서는 앞섶을 여미셨고 저 님께서는 손마디를 꺾으셨습니다. 다시 이 님께서 진정한 지주는 곡식과 풀과 나무이며 인간은 먹을거리를 얻는 신세라고 나지막하게 말씀하셨지만 저 님께서는 그러면 어째서 땅을 팔았느냐고 눈살을 찌푸리셨습니다. 이 님께서는 고개를 숙이셨고 저 님께서는 고개를 쳐드셨습니다. 또다시 이 님께서 땅은 갈고 뿌리고 거두는 자에게 돌아가야 한다며 눈을 감으셨을 때 저 님께서는 땅은 쓸모 있게 쓰는 자에게 주어져야 한다고 소리쳐 말씀하셨습니다. 이 님께서는 두 손을 만지작거리셨고 저 님께서는 뒷짐을 지셨습니다. 다시 또 이 님께서 물길과 바람과 햇빛을 위해 들판을 가만둬야 한다고 말씀하셨지만 저 님께서는 자신을 위해 사용하려고 들판을 샀다며 돌아서 버리셨습니다.

　　—「이 님 저 님 7」 전문

'이 님'과 '저 님'의 반목은 단순히 토착민과 외지인 사이의 갈등이 아니다. 그것은 땅에 대한 인식과 가치관 사이의 갈등이다. 봉건주의나 식민 제국 시절에는 지주와 소작농 사이의 계급(민족) 갈등이 첨예했지만, 땅을 뺏어 간 자에게도 여전히 땅은 생산과 경작을 위한 것이었다. 그들에게는 땅의 용도와 가치에 대한 절대적 합의가 존재했다. 그러나 자본 제국 시대에 땅은 뺏거나 빼앗기는 자 없이 절차에 따라 매매되지만, 투자자와 농민에게 땅의 용도와 가치는 전혀 다른 것이다. '이 님'은 "땅이 주인에 따라 들판이 되기도 하고 택지가 되기도 하고 공장 지대가 되기도 한다는 것"(「그 님 9」)을 이해하지 못하고, '저 님'은 "진정한 지주는 곡식과 풀과 나무이며 인간은 먹을거리를 얻는 신

세"라는 생각을 시대착오적인 것으로 여긴다. 여기에 "갈고 뿌리고 거두는 자"의 생산노동을 귀하게 여기는 세계와 "쓸모 있게 쓰는 자"의 수익 창출을 귀하게 여기는 세계가 충돌하고 있다. 그러나 "새로 온 주민들의 숨결은 세차서 푸새들을 흔들었고 늙은 주민들의 숨결은 약해서 흙바람에 흔들"(「이 님 저 님 10」)릴 뿐이다. 땅의 소유가 넘어가면서 흔드는 자와 흔들리는 자가 결정되었으니 '이 님'의 자연부락은 '저 님'에 의한 도시화에 이미 길을 내어준 셈이다.

저 님께서는 튀어나온 산모롱이를 내리 깎고 휘어진 물길을 바르게 잡고 구불구불한 길을 곧게 닦아놓으셨습니다. 집도 도로도 빌딩도 직각으로 만들어져서 마을은 저 님께서 다니시기에 좋았습니다. 새로 온 주민들도 직선으로 움직이고 멈춰 섰습니다. 늙은 주민들이 살았을 적엔 산에는 봉우리와 등성이와 기슭이, 길에는 자드락길과 논둑길과 밭둑길이, 들녘에는 다랑논과 높드리와 깊드리가 있어서 여러 사람이 저마다 다르게 살 수 있었지만 저 님과 새로 온 주민들은 닮은꼴로 살아갔습니다. 저 님께서 좋아하시는 대로 집 위에 집을 짓고 도로 위에 도로를 놓고 빌딩 위에 빌딩을 올리고 나서 사람들도 사람들 위에서 살아갔습니다. 새로 온 주민들이 그렇게 살기를 좋아하니 저 님께서는 둘러보기만 해도 즐거우셨습니다. 드디어 저 님께서도 주민들 위에서 살아가셨습니다.

—「이 님 저 님 15」 전문

농촌과 도시의 차이는 단지 문명의 혜택과 생활의 편의성 여부에 있지 않다. 농촌적 삶과 도시적 삶은 그 삶의 토대 자체가 다르다. 농촌적 삶이 자연의 시간과 공간에 인간의 그것을 맞추는 삶이라면, 도시적 삶은 그 반대라 할 수 있다. 전자는 흙과 대기의 기운에 토대한 삶이고 후자는 자본에 토대한 삶이다. "늙은 주민들이 살아가다가 보니 절로 길이 생겨났는데 새로 온 주민들은 먼저 길을 닦아놓고 살러"(「이 님 저 님 12」) 온다. 절로 생겨난 "자드락길과 논둑길과 밭둑길"은 "여러 사람이 저마다 다르게" 살게 하지만, 먼저 닦아놓은 길은 모두 직각이어서 여러 사람으로 하여금 똑같이 직선으로 움직이며 '닮은꼴'로 살게 한다. "저 님께서는 참새가 날아오지 않으면 참새를 사 와서 날게 하고 고추잠자리가 모여들지 않으면 고추잠자리를 사 와서 놓아"(「이 님 저 님 13」)준다. '저 님'의 위대한 구매력이 "집 위에 집을 짓고 도로 위에 도로를 놓고 빌딩 위에 빌딩을 올리"자 "사람들도 사람들 위에서 살아"가게 되고, 높은 구매력을 가진 자가 낮은 구매력을 가진 자 위에 군림하게 된다. 이렇게 하여 들판은 뭉개져 건설용 토지가 되고 논밭은 버려져 풀숲이 되고 늙은 주민들마저 세상을 뜨자 "이 님께서는 집을 떠나기로 작심"(「이 님 저 님 16」)한다. '이 님'은 "한 톨도 함부로 버리지 않고 씹어 먹은 날들과 그 양식을 만들던 가을이 수십 년 지났는데도 늙은 주민들의 자취는 무엇으로도 남아 있지 않”(「이 님 저 님 14」)은 낯선 고향을 애통해하며 안개 자욱한 날 외지를 향해 무작정 떠난다. 이것이 '이 님'의 탈향의 서정이자 서사다.

'한 님'의 타향他鄉

『님 시학』의 두 번째 장은 텃논을 뭉개고 세워진 새로운 도시의 삶에 편승하거나 이용당하는 사람살이를 '한 님'과 '다른 님'의 동반과 외면을 통해 보여준다. 여기서 '한 님'은 "농구를 내던졌던 논밭을 떠나 농산물 시장에서 막일하시는”(「한 님 다른 님 1」) 날품팔이 일꾼이고 '다른 님'은 "농업에서 채소 장사로 직업을 바꾼”(「한 님 다른 님 2」) 장사꾼이다. '한 님'은 무작정 고향을 떠났다가 타향에서 더욱 가난해진 농민이고, '다른 님'은 도시화된 고향에 남아 장사꾼으로 성공한 농민이다. 시인은 '한'과 '다른'이라는 관형사를 통해 똑같이 농부의 자식으로 태어난 두 님의 운명의 차이를 부각시킨다. "한 님과 다른 님의 차이 나는 운명”(「한 님 다른 님 14」)은 순전히 자본의 줌사위에 의한 임의의 선택에 불과하다. "사람들이 찾으려는 것이 흙에 있지 않고 사람들 속에 있어서 오로지 사람들이 모여서 운명을 만들어내는 때였으므로”(「한 님 다른 님 14」) 각자의 태생지의 시세와 투자가치와 매매 시점이 장난처럼 두 님의 운명을 결정한 것이다.

90

"땅에서 난 것을 거두는 자"에서 "땅에서 난 것을 파는 자"
(「한 님 다른 님 2」)가 된 두 님이 다시 "일을 시키는 자와 일을
하는 자"(「한 님 다른 님 5」)로 갈라지게 된 것은, 파는 사람과 가
꾸는 사람의 순번을 다르게 매긴 가치관의 차이 때문이다. '한
님'은 가꾸는 사람이 잘되어야 파는 사람도 잘된다고 믿었다면,
'다른 님'은 "파는 사람이 잘되어야 가꾸는 사람도 잘된다고"
(「한 님 다른 님 9」) 믿었다. 현실은 '다른 님'의 편이어서 "한 님
께서 하신 농업은 나머지 생을 미리 까먹었고" "다른 님께서 하
신 장사는 나머지 생을 넉넉하게"(「한 님 다른 님 9」) 하였다. "흙
에서 지은 작물을 수확하는 일보다 사람과 사람 사이로 상품을
유통시키는 일이 가치를 더 만든다"(「한 님 다른 님 11」)는 사실을
'한 님'은 슬퍼했고 '다른 님'은 천운으로 여겼다. '한 님'은 받
아들이기 힘겨워하고 '다른 님'은 두 손 들고 환영했던 수익 창
출의 논리는 예컨대 다음과 같은 것이다.

 며칠째 비가 와서 창고에 쌓아놓았던 감자 값이 오르자, 그
것이 감자 씨눈에서 싹 나는 것보다 더 오래된 이치라며 다른
님께서는 싱긋 웃으셨습니다. 좋은 거래란 생산은 안 되고 소
비만 되는 그 틈에서 먹고 싶어 하는 이에게 먹을 수 있는 농
산물을 제때 건네주는 거라는 다른 님의 생각대로 된 것이었
습니다. 산천에서 절기에 맞추는 농사보다 사람들 사이에서
수지를 맞추는 사업이 체질에 맞으니 다른 님의 텃논 위에 세

워진 농산물 시장이 너무나 기꺼우셨습니다. 이문을 남기는
일에 조금도 주저하지 않으시니 혼자 짓는 경작보다 사람에게
한 차례씩 건네주는 사업에 잔머리가 빨리 돌아갈 수밖에 없
었습니다. 농사는 늘 막히는 데 없이 흘러 통해야 잘되지만
사업은 흘러 통하는 데를 이따금 막아두어야 잘된다는 것을
알아버리신 다른 님이었습니다. 며칠째 비가 와서 산지에서
감자가 올라오지 않으니 값비싸게 내놓아도 팔려 나갔습니다.
　—「한 님 다른 님 7」 전문

"농사를 많이 지을수록 손해 보는 단서"(「한 님 다른 님 8」)가
바로 여기에 있다. "농민들은 풍년이 들면 수확량이 많아도 값
이 떨어져 걱정하고 흉년이 들면 값이 올라도 수확량이 적어서
걱정한다"(「한 님 다른 님 17」). "가꾸고 거두는 농토보다 사고파
는 시장이 더 커진 시절에 농업을 운명으로 받아들인다"(「한 님
다른 님 12」)는 것은 낭패이자 실패다. 먹을거리를 생산하는 자는
여전히 뿌리고 거두는 자이지만, 그것을 상품으로 만들어 이익
을 거두는 자는 사고파는 자이다. 여기에는 어떤 불공정한 경로
가 존재한다. 그것은 늘 막히는 데 없이 흘러 통하게 하는 농사
꾼의 땀이, 흘러 통하는 데를 이따금 막아두는 장사꾼의 잔머리
를 거쳐 수익으로 확대되는 이상한 경로다. "다른 님으로 해서
한 농부가 간난해"(「한 님 다른 님 10」)지는 것도, 농민들이 작물
을 거두어들일 수 없는 우기에 '다른 님'이 큰돈을 벌어들이는

것도 다 그 경로 덕분이다. 그러므로 흙에서 농작물을 돋아내는 '농토의 이치'보다 수요와 공급의 간극에서 수익을 창출하는 '시장의 문리'에 밝은 자가 살아남는다. 이것이 자연부락 몰락 이후의 삶이 요구하는 자본 제국의 생존 전략이다.

"흙 만지는 자는 가난해진다는 것"(「한 님 다른 님 3」)을 깨달은 '한 님'은 그러나 "자신이 다른 님의 재산이 되어가는 사실"(「한 님 다른 님 10」)은 전혀 모르고 있었다. "다른 님의 수완 덕으로 한 님께서는 끼니 걱정 하지 않으셔도 되었고 한 님의 수완 덕으로 다른 님께서는 가격 걱정 하지 않으셔도"(「한 님 다른 님 16」) 되어 두 님은 서로 먹고사는 방편의 동반자가 되었으나, "멀지 않아 다른 님께서는 더 부유해지시고 한 님께서는 더 빈곤해지실 터여서"(「한 님 다른 님 15」) 서로를 외면했다. 하지만 두 님의 이문은 똑같이 "제철이 지난 뒤에도 사 먹을 수 있는"(「한 님 다른 님 15」) 소비자에게 달려 있었다. 그러므로 두 님 모두 모르고 있는 것은 자신들 또한 상품이 되어가고 있다는 사실이다.

한 님께서도 다른 님께서도 상품이 되셨습니다. 모든 것을 사고팔아야 밥벌이 되는 시장에서 자신을 팔지 말아야 하는 이유가 없게 되자, 두 분께서는 재빨리 마음을 맞추시었습니다. 상품이 무엇인지 잘 아는 손님들에게 자신을 팔지 않는다면 다가온 겨울에 춥지 않게 살아갈 방편이 달리 있지도 않았

습니다. 김장 배추 무는 늦가을에서 초겨울 사이에 많이 팔기
만 하면 수지맞는다는 걸 잘 알았으니 사 가는 손님들이 반가
우실 따름이었습니다. 사고파는 상품이 여러 가지로 많아야
하는 터에 다른 님께서 밭떼기로 계약해두셨던 김장 배추 무
는 들어오자마자 팔려 나갔습니다. 그 바람에 김장철이 짧아
지기는 했지만 그래도 한 님께서는 상품이 되어가는 자신을
손님들 앞에서 낯설어하셨으며 다른 님께서는 상품이 되어버
린 자신을 흡족해하며 손님들을 맞으셨습니다. 겨울을 따끈하
게 보낼 생각으로 한 님께서도 다른 님께서도 기꺼이 팔기 위
해 자신도 내놓아서 서로에게 결락하지 않으셨습니다.
　　―「한 님 다른 님 18」 전문

"농산물을 팔고 사는 시장, 사고팔 수 없는 먹을거리는 농산
물일 수 없는 시장에선 자신보다 손님이 더 소중"(「한 님 다른
님 6」)하다. 장사꾼의 목숨줄은 소비자에게 달려 있기 때문이
다. 그러므로 장사꾼이 최후로 내놓아야 하는 상품은 바로 자
기 자신이다. 일을 시키는 자나 일을 하는 자나 모두 손님들에
게 자신을 팔아야 한다. 반가운 웃음과 친절한 서비스는 농작
물―상품에 한 쌍으로 붙어 팔리는 인간―상품이다. "다가온
겨울에 춥지 않게 살아갈 방편"이 따로 없기에, "상품이 되어
가는 자신"이 낯설건 흡족하건 두 님은 모두 자신을 상품으로
파는 일에 재빨리 합의한다. "모든 것을 사고팔아야 밥벌이 되

는 시장"에선 땅도 농작물도, 급기야 사람까지도 차별 없이 상품이 되어버린다. 밥 나오는 땅을 팔아버린 결과는 자기를 팔아 밥을 사 먹어야 하는 아이러니한 삶이다. 이것이 '한 님'의 타향살이의 서정이자 서사다.

'그 님'의 귀향歸鄕과 '님들'의 동향同鄕

『님 시학』의 세 번째 장과 네 번째 장은 농촌의 도시화와 함께 더 이상 고향과 타향의 구분이 없어져 버린 동향의 삶, 아무도 님이 아니어서 누구나 님이 될 수 있는 사람살이를 '그 님'의 귀향과 '님들' 이후의 삶을 통해 보여준다. 세 번째 장의 '그 님'은 오랜 타관살이에서 빈털터리가 되어 돌아온 귀향자이고 '친구들'은 고향에 남아 농업을 버리고 땅을 팔아 부자가 된 이들이다. '그 님'의 저간의 사정은 '이 님'과 '한 님'이 거쳐온 탈향 및 타향살이와 유사할 것이고, '친구들'이 부자가 된 사연은 '다른 님'의 장삿속과 별반 다르지 않을 것이다. 농업을 버리기는 마찬가지였는데 "떠났던 자보다 남았던 자가 더 부자 된 사연"(「그 님 3」)을 '그 님'은 타관에서의 경험을 통해 금방 이해할 수 있었다. 이제 '그 님'과 '친구들'은 "그 님께서 친구들이시고 친구들이 그 님이던 시절로 다시는 돌아갈 수 없었"고 "갈아먹을 논밭이 없는 고향은 이미 타향"(「그 님 8」)이나 마찬가지였다.

그 님께서는 자신의 소유였던 높드리를 찾아갔다가 돌아서
시었습니다. 논둑 대신에 담장이 둘러쳐져 있고 커다란 아파
트가 서 있었습니다. 그 님께서 타관에 나가 집 짓는 공사장
잡부로 떠도시는 동안에 높드리는 집터가 되어버렸습니다. 땅
이 주인에 따라 들판이 되기도 하고 택지가 되기도 하고 공장
지대가 되기도 한다는 것이 그 님께는 너무 낯설었습니다. 집
짓기 위해 땅을 파던 잡부 생활 작파하시고 그 님께서 돌아오
신 까닭은 빈 땅이 보이면 모조리 갈아서 돌멩이 주워내고 거
름 넣으며 살았던 대로 살고 싶어서였지만, 고향도 타관을 닮
아가고 있어서 하실 수 있는 일은 잡부 생활뿐이었습니다. 이
제 농업은 간절히 원해도 마음대로 택할 수 없는 직업이 되었
습니다. 사람에게 농사짓는 법을 잊어버리게 만든 게 무엇인
지 생각하시면서 그 님께서는 길가마다 서 있는 아파트를 새
삼스럽게 허허하게 바라보셨습니다.
　　―「그 님 9」 전문

남의 논밭을 헐어 아파트를 세우는 공사장에서 잡부로 떠돌다
온 '그 님'은 자신의 논밭도 똑같이 누군가에 의해 헐려 아파트
단지로 변한 것을 본다. "집 짓기 위해 땅을 파던 잡부 생활 작
파"하고 고향 땅에서 다시 뿌리고 거두는 삶을 살고 싶어 돌아
왔건만, "이제 농업은 간절히 원해도 마음대로 택할 수 없는 직
업이" 되었다. 고향에 돌아와도 '그 님'이 할 수 있는 것은 또다

시 잡부 생활뿐이었다. "사람에게 농사짓는 법을 잊어버리게 만든" 것은 "나무와 풀과 곤충들에게 빌려서 곡식을 지어 먹고살다가 죽을 때 돌려주는 것이 대지라는 생각"을 버리고 "땅은 대대로 내려가는 커다란 살림"(「그 님 6」)이라고 믿게 만든 자본의 논리다. 그러나 자본의 논리에 따라 땅을 팔고 외지로 떠났다가 빈털터리가 되어 돌아온 '그 님'은 더 이상 부쳐 먹을 소작지도, 자식들에게 물려줄 소유지도 없는 막막한 신세가 되었다. '그 님'은 "달리 살아가지 못해 헌 집으로 돌아온 자신에게 잘못이 있다" 생각했고 "헌 집에 머물러 있어도 평생 할 수 있는 일이 없다는 것"(「그 님 11」)을 깨달았다. 이것이 '그 님'의 귀향의 서정이자 서사다.

'그 님'은 죽어서 자신의 헌 집 마당의 살구나무가 되었다. 살구나무는 '그 님'이 버린 땅에서 '그 님'을 그리워하며 기다려준 유일한 존재였고 '그 님'이 돌아왔을 때 가지를 흔들며 반겨준 유일한 존재였다. '그 님'이 떠난 후 "겨우내 가지를 떨며 목탁 소리를 내려고 애쓰던 살구나무"는 "이듬해 봄에 뿌리로 들어오는 한 분의 신"(「그 님 15」)을 아프게 받아들여 '그 님'이 되었다. '그 님'이 안 계심을 알게 된 자식들은 인간의 법에 따라 집의 주인이 되어 헌 집을 허물고 나무들을 베어 새 집을 지었다. 살구나무는 동강 난 채 버려져 땔감이 되었고 "이렇게 하여 그 님께서 비로소 영원히 죽으셨으나 그 사실을 자식들은 알지 못했"(「그 님 16」)다. 세월이 흘러 아무도 '그 님'을 기억하지 않게 되었을 때 자식들은 새 집을 팔고 떠났고 낯선 가족들이 이사를 왔다. 그들은 산비탈에서 살구나무 한 그루를 캐어 마당에 심었다. "그 님께서 계시지 않아도 뒤에 온 사람들은 앞서 간 사람들을 따라갔고 앞서 간 사람들의 잘잘못을 몰라도 뒤에 온 사람들은 잘한 짓만 골라 따라 했"(「그 님 18」)다. 아무도 '그 님'을 기억하진 못하지만 "그 님께서 사셨던 세상"은 "누구라도 살아볼 만한 세상"(「그 님 18」)이었다는 것을 다시 심긴 살구나무가 말해주고 있다.

마지막 장은 앞서 간 '님들'을 그리워하면서 이 땅의 삶을 이어갈 또 다른 '님들'의 이야기다. 여기서 '저'는 젊을 적에 몰래 고향을 떠났다가 늙어서 '님들'을 찾아 돌아온 자식 세대고, '님들'은 지금은 타향 혹은 저승으로 떠나고 없는 자, '저'를 키워준 부모 세대다. '저'가 님들을 그리워하며 고향으로 돌아온 것은 "다만 님들께서 일하신 대로 일하지는 못하더라도 새와 바람과 가축과 너나들이하며 사신 대로 마지막 살고 싶기"(「님들 2」) 때문이다. 그러나 공동묘지마저 집터가 되어버린 고향, "산 자들만이 땅을 차지해서 죽음에 든 자가 누울 곳이 없"(「님들 3」)어져 버린 고향은 고향 땅에서 죽을 권리마저 허락하지 않는다. '저'는 이 모든 게 결국 먹을거리 생산하는 '님들'을 떠나 평생 먹을거리 사 먹는 일에 매달렸던 자신의 헛일 탓임을 깨닫는다.

고향을 떠나 "기껏 한 입 잘 채우기 위해서" "남들의 생에 부대"(「님들 4」)끼기만 했던 삶을 반성한 '저'는 지난날 '님들'의 삶의 방식을 찬찬히 되돌아본다. 도시화된 고향에서 '님들'의 농업을 이어가는 것은 불가능하겠지만 '님들'의 농업에 깃들어 있는 삶의 방식을 이어가는 것은 가능할 것이다. '님들'께서 "별이 움직이면 산등성에 올라가 돗자리 깔고 누워 마음을 빛내셨고 달이 뜨면 강가에 나가 윗옷 벗고 윗몸을 씻으셨"던 것은 "심신을 맑게 해야 흙에 쉽게 가까워진다는 것"(「님들 6」)을 아셨기 때문이다. 또한 "나흘 동안 농사꾼이다가 하루 동안 장꾼이 되시던 님들께서는 살 거리만큼만 팔 거리를 내다 놓"(「님들 7」)을 줄 아셨다. "두레로 모내기를 하고서도 자기 논의 벼를 한 포기라도 더 살아남게 하려고 물꼬 싸움"을 했던 것은 "제 것 챙기려고 싸워야 나중에 남에게 정을 내게 된다는 것"(「님들 8」)을 알았기 때문이다. '님들'께서 버드나무 그늘에서 '저'에게 옆자리를 내주시고 우물가에서 물동이에 물을 붓기 전에 '저'부터 마시게 해주셨던 것은 바로 그것이 "사람 키우는 일"(「님들 9」)이었기 때문이다. 이렇게 '님들'의 삶의 방식을 이해하고 나자 현재의 고향에서의 변화된 사람살이가 달리 보이기 시작한다.

고향에서 장사하는 사람들이 님들과 달라 보이지 않았습니다. 제가 여관에서 잠자고 식당에서 밥 사 먹고 난 뒤 걸어가자, 비로소 사람들이 말을 걸었습니다. 사람들의 말을 제가 알아듣고 사람들이 저의 말을 알아들으니 바람 소리도 들려오고 벌레 소리도 들려와서 거리에 아연 생기가 돌았습니다. 나무들이 없는데도 녹음이 일렁거렸고 우물이 없는데도 물이 출 렁거렸습니다. 이 돌연한 사태에 제가 사람들을 쳐다보았더니 사람들도 저를 쳐다보았습니다. 멀리서 산들이 둘러서서 숲을 보여주었고 멀리서 들이 둘러앉아 강을 보여주었습니다. 님들 께서 아니 계셔도 사람들이 살아가는 이유를 알겠습니다. 고 향을 찾아와 님들만 그리워한 것이 미안하여서 저는 사람들에 게 일일이 고개를 숙이고 큰 소리로 인사하였습니다. 사람들 은 끝없이 말을 걸어왔고 저는 끝없이 대답하였습니다. 그러 고 나니 고향에서 장사하는 사람들이 님들과 다르지 않고 저 와 다르지 않았습니다.

　―「님들 11」 전문

타향화된 고향에서 살아가는 법은 더 이상 '님들'을 기준으로 '남들'을 구분하지 않는 것이다. 농사짓던 '님들'이 안 계신 고 향에서 앞으로 함께 살아가야 할 이들은 "고향에서 장사하는 사람들"이다. 그들이 서로의 말을 알아듣고 서로의 얼굴을 쳐다 보고 끝없이 말을 걸고 끝없이 대화하자 바람 소리와 벌레 소 리에도 생기가 돌고 숲과 강도 사람들을 향하기 시작한다. "님 들께서 아니 계셔도 사람들이 살아가는 이유"는 또 다른 '님들' 이 있기 때문이다.

　제가 사람들을 님으로 보자, 사람들도 저를 님으로 보았습니다. 시가지에서 사람들이 님이 되고 제가 님이 되자, 하늘로 새 떼가 훨훨 날아가고 길가로 푸새들이 쑥쑥 돋아났습니다. 사람들과 저는 군음식을 나누어 먹었습니다. 애당초 한 분의 님 아닌 사람이 없었는데 저마다 자신을 님으로 생각하지 못하여서 님이 없어 보였던 것이었습니다. 이 사실을 알고 나자, 사람들도 저도 더 배가 고파져서 군입을 다시었습니다. 저에게는 고향이고 사람들에게는 타향인 시가지가 비로소 동향으로 여겨졌습니다. 굶어본 이들은 고향과 타향을 나눌 수 없고 자신이나 남이나 님으로 보지 않을 수 없었습니다. 군음식을 더 나누어 먹으면서 님이 된 저나 님이 된 사람들이 체면치레를 하지 않자, 시가지에는 손님들이 몰려들어서 북적대다가 그들 역시 님이 되었습니다. 그런데 모두가 모두에게 님이 되니 누구도 누구를 님으로 부르지 않았고 누가 누구에게도 님으로 불리지 않았습니다.

    ―「님들 12」 전문

    사람들이 고향과 타향 사이에서 서로 동반하면서도 반목하고 공생하면서도 외면한 것은 자신을 '님'으로 생각하지 못하고 상대를 '남'으로만 여겼기 때문이다. "저마다 자신을 님으로 생각하지 못하여서 님이 없어 보였던 것"이다. 제가 님이 되고 사람들이 님이 되자 모두들 입맛이 돌아 군음식을 나누어 먹게 되었다. 농촌 위에 세워진 도시는 누군가에게는 고향이고 누군가에게는 타향이겠지만 "굶어본 이들은 고향과 타향을 나눌 수 없고 자신이나 남이나 님으로 보지 않을 수" 없다. 마침내 모든 도시는 '동향'이 되고 사람들은 모두 동향민이 된다. 고향과 타향의 구분이 없어져 버린 동향은 "누구나 님이 되는 땅", 그리하여 역설적으로 "아무도 님으로 여기지 않"(「님들 14」)는 땅이다. 그것은 누구나 들어와 터 잡고 살 수 있는 땅, 언제든 마음먹고 떠날 수 있는 땅, 모두가 모두에게 님이라서 어느 누구도 특별한 한 님이 아닌 땅이다. 이 땅에서는 앞서 간 이들뿐 아니라 뒤에 오는 사람들도, 타향에서 온 사람들도, 고향에서 장사하는 사람들도 서로가 서로에게 '님들'이 되어 살아갈 수밖에 없다.

오늘날 고향이냐 타향이냐의 태생적 장소성은 의미를 잃었다. 전 지구적 자본 제국은 자본의 이동에 따른 유목민적 삶을 요구한다. 농촌과 도시, 고향과 타향 간의 이동은 이제 국경을 넘어 자국과 타국 간의 이동으로 확장되고 있다. 그러므로 어디를 가든 "님들께서 받아들이시는 님이 될 수"(「님들 15」) 있도록 살아야 한다. 앞서 간 '님들'의 잘한 짓을 따라 동녘의 아침놀과 서녘의 저녁놀과 남녘의 수평선과 북녘의 지평선을 바라보며 뒤에 오는 '님들'이 되어야 한다. "제가 좇아갈수록 남들은 어디에서든 님들이 되어"(「님들 16」)갈 것이다. 이것이 오늘날 전 지구적 자본 제국에서 '님'과 '남', 고향과 타향을 구분하지 않고 만인의 만인에 대한 '님들'로 살아가야 하는 디아스포라적 삶의 서정이자 서사다.

　이 땅의 님들에 대한 하종오 시인의 치열한 문학적 집념은 아무도 기록하지 않는 역사를 써가고 있다. 그것은 문명과 자본의 야만 시대를 살아내고 있는 이들의 삶의 세목을 하나하나 받아 적은 시적 미시사微視史라 할 수 있다. 다작을 운명으로 삼은 하종오 시인은 호미(운문 정신)와 쟁기(서사 형식)로 시의 밭을 경작하는, 이 자본 제국의 외로운 필경사일 것이다.